新 潮 文 庫

面 目 な い が

寒川猫持著

新 潮 社 版

6744

岩波文庫

吾輩は猫である

夏目漱石著

岩波書店

面目ないが／もくじ

ろくでなし 9
俳句撰 65
私空間 69
雨にぬれても 77
うたア・ラ・カ・ル・ト 135
にゃんとなくダメなお二人 141

猫としれんと　145
好きだから好き〜森高千里アワー〜　206
猫も歩けば　213
面目ないが　227
後記　289
解説「当世のますらおぶり」田辺聖子

装画・扉絵　加藤千香子

面目ないが

ろくでなし

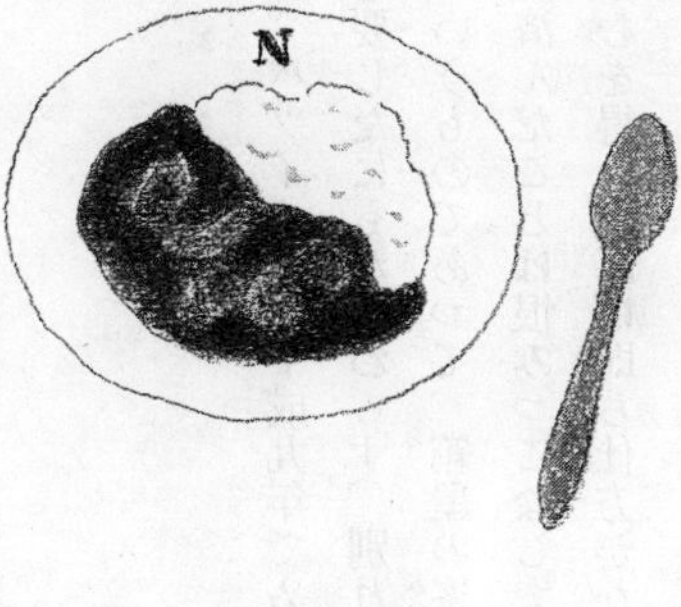

妻去りし
あの日は妻に会わざりき
今日は金魚の死に目に会わず

面目ないが、私はバツイチのにわかやもめである。バツイチ歴も平成九年でめでたく五年目となる。結婚するまでに三十四歳の長日月を要したにもかかわらず、別れるまではたったの六年しかかからなかった。それが浮世というものであって、箱屋の峯吉《みねきち》を刺殺した花井お梅、即ち《すなわ》『明治一代女』ではないが、済んだことは恨みっこなしである。ダメなものはダメなのであるからやむを得ない。やむを得なければ即ち仕方がない。あれはまだバツイチ前の夏の夜のことであった。

夕飯を済ませてボーッとしていたら突然、玄関のチャイムが鳴る。もっとも、あんなものは「今から鳴らしますよ」なんてことを言う人はまずいないから、突然鳴ってよいのではあるが、それでもやはりドキッとする。

こんな時間に誰かと思って出てみると、家内の妹が浴衣《ゆかた》姿で立っていた。何でもお祭りの帰りに寄ったとかで、見ると金魚が三匹入ったビニール袋を提げている。

「ほう、金魚を飼うのか」

と聞くと、

「ちゃうねん、うちに金魚鉢がないから持ってきてん」

てなことをおっしゃる。

ローソクならともかく、今どき金魚鉢を常備している家なんてあるわけがない。仕方がないからその夜はその辺に吊《つ》るしておいて、翌日、金魚鉢を買いに走ったのである。

これを、金魚迷惑、という。

夜店の金魚なら大和郡山《やまとこおりやま》で買えば一匹十円である。三匹まとめて三十円の金魚諸君に金魚鉢やら空気ポンプやらで一万円近く散財させられてしまった。いくら三十円とは申せ、生きものだもの、名前がないというのはよろしくない。そこで、大きい順に金太郎、金次郎、金三郎と呼ぶことにした。

エサは最初生きたミジンコだったが、これが大失敗であった。大した量ではないだろうと思って袋ごと鉢にぶちまけて驚いた。金魚が見えないのである。これでは金魚を飼っているのだかミジンコを飼っているのだかわからないから、乾燥のエサに変えることにした。

ある日、喜々としてエサを与えていたら、

「その子ら、ほんまにオスなん？」

と家内が言う。

それは言える。考えてもみなかった。万事こういう調子だからバツイチの憂《う》き目に遭うのである。

最も長生きしたのは金次郎であったが、家内が出て行った数日後、仕事から帰ってみると腹を見せて浮いていた。爾来《じらい》、金魚は飼っていない。

僕ですか
ただ何となく生きている
そんじょそこらのオッサンですよ

沖縄へ行きたいと思う。

友人の森本君夫婦及び某新聞社学芸部の面々と琉球《りゅうきゅう》料理を食べに行っておいしかったから言うのではない。

私は夏が大好きなのである。沖縄は常夏《とこなつ》の国である。おまけに、「酒はうまいし、ネーチャンもキレイ」ときた日にゃ、文句のあるはずがない。

近所の中小企業の社長さんいわく、

「センセ、沖縄はええとこだっせ。キレイな踊り子さんがいてまして、ボクがあんまり男前やもんやさかい、踊りながらウインクしてくれましたんだっせ」

「そら、マバタキやろ」

という話はどうでもよいとして、大阪市大正区はリトル・オキナワといってもいいくらい沖縄県人の多いところである。

子供のころ、夏の夕暮れになると裏通りにある旅館の二階から蛇皮線《じゃびせん》の音色が流れてきたものであった。

こんな環境に育てば、だれだって沖縄に郷愁を覚えるようになる。

いつだったか、テレビでミス・グアムの来日時の模様を放送していたことがあった。とびきりの美人で、サーキットのハイレグ嬢たちも顔色なしのスタイルで、つい鼻血が出そうになったのである。

グアムにも行きたいと思う。

ところで、サーキットの娘たちがなぜハイレグでなければならないのか、うれしいけれど、私はいまだに理解できないでいる。娘という字が狼《おおかみ》に似ているということに、たった今気がついたのである。余談ではあるが。

沖縄でもグアムでもラバウルでも、勝手に行けばいいようなものではあるが、そうはいかないのである。

暇がない、留守番の猫が気になる、お金がない、ということもあるが、面目ないが、私は飛行機が怖いのである。なぜ怖いかというと、こわいからコワイのである。

スッチー（注・スチュワーデス）がいきなり救命胴衣の説明をするのも怖い。何か違うのではないかと思う。落下傘《らっかさん》の説明ならわかるが、既にして空高く浮いているのに、その上、水に浮いてどうする。縁起でもない。

ヒコーキも人間も、傘がなければ、ただ落下するだけである。落ちるのは私の人生だけで十分である。

行くなら船である。場合によっては泳いでゆくのもよい。さりながら、船は船酔いするし、泳ぐのは不得手であって、どっちにしてもキレイなネーチャンとは縁のない私なのである。

ものなべて
祭りの果てのかなしかり
長崎くんちもぼくんちも

夏祭りの季節である。

おしろい花に浴衣の女性。縁台、かき氷、走馬灯に岐阜提灯《ちょうちん》、蚊取り線香に風鈴の音。夕暮れの路地ゆく風に草いきれ。屋根から見える遠花火。線香花火のなつかしき。

平成九年の夏の暑さにはいささか閉口気味であるが、暑ければこその涼味だと思えば、これしきの暑さ、どうってことはないのである。

もっとも、一緒にお祭りに行ってくれる浴衣の女性がいればの話であって、猫とおっさんの二人三脚では、ただ暑いだけである。

うちの猫は毛むくじゃらである。見てるだけで暑い。ご当人はもっと暑い。

大阪で夏祭りといえば、何といっても河内音頭《かわち》である。朝吉親分《あさきち》、清次兄さんでおなじみの八尾《やお》が本場である。

河内は由緒《ゆいしょ》正しき土地柄である。大楠公《だいなんこう》しかり。弓削《ゆげ》の道鏡しかり。以下はあんまり自信はないが、源氏はもと河内の土豪であったと聞く。観阿弥《かんあみ》・世阿弥《ぜあみ》の親子は楠《くすのき》一族と深い関係があったから、河内にゆかりがあるのに違いない。

河内音頭なら、私は鉄砲光三郎さんがひいきである。レコードも持っている。CDもある。映画『悪名』にも出演されていた。

大阪市内では拙文の冒頭の風情《ふぜい》はすでに失われて久しいが、河内にはまだ残っているのではないだろうか。うちの母親は河内の出身である。空襲で焼けなかったから、米も野菜もいくらでもあって、戦時の食糧難を知らないという。

かく言う私も、幼少期を河内で過ごしたクチであるから、河内には人一倍愛着がある。道幅が狭いのは戦災を受けなかった証拠である。至る所に私の大好きな路地がある。人情も素朴なり。徳庵《とくあん》の商店街の昔ながらのべっぴん餅《もち》もうまい。

故司馬遼太郎《しばりょうたろう》さんも大の河内好きであられた。

漫文漫筆を旨《むね》とする私がこんなことを言っても、読者諸賢はお信じになられないかもしれないが、私は司馬遼さんに一度褒められたことがあるのである。小さいころに、「かしこい、かしこい」て頭をなでられたて、そんなんちゃいまっせ。君のうたは面白いというおハガキをいただいたことがあるのである。黙っていようかとも思ったが、ものはついでであるから、つい書いてしまった。

〈猫持の河内音頭を聴いとくれ大楠公も司馬遼さんも〉という私のうたがある。人生はお祭りである。祭りの果てがかなしいのは長崎くんちだけではないのである。

おもしろうてやがて悲しき鵜舟《うぶね》かな　芭蕉

あれも駄目これもダメよとやかましき妻の小言を聞きたかりけり

私はときどき、欲しくもないタコヤキを買ってくることがある。ホカホカのタコヤキをわが白衣の天使諸君に見せびらかすためである。お目当ては六人いる天使諸君のひとりで、仮にウサギ嬢ということにしておく。おいしそうなにおいプンプンのタコヤキを、とりあえずウサギ嬢以外の諸君に一個ずつあげるのである。

そうすると、たちまち、ウサギちょっとすねた、という状態になる。本当は真っ先にウサギ嬢にあげたいのである。そのために買ってきたのではあるが、ついイジワルをしたくなってしまうのである。

全国のオジサン諸君、さようなことはござらぬか。

複雑なのは女心だけではないのである。このビミョーな男心、おわかりでないかしらん。

で、その結果どうなったかというと、めでたく嫌われて、最近はまともに口すら利《き》いてくれなくなったのである。

なんでやろ。

結局食べたくせに。

話しかけても、「ハイハイ」ばっかり。民謡の合いの手ではないのであるからハイは一回でよろしい。

もっとも、私がウサギ嬢の嫌がることばかり言うから、まともに返事してもらえなくて当然なのではあるが。何が面白くて相手の嫌がることばかり言ったりしたりするのかというと、小言を言ってもらいたいからである。

別れた女房、もしくは逃げた女房がいなくなってからこの方、白状すると、私は小言に飢えているのである。ガミガミ言ってもらいたいのである。

トイレの中の家内をのぞいたのも、「ダメッ」のひとことが聞きたかったからで、私がヘンタイだからではない。

以前、毎日新聞の読者から、

「読むほうは本気にするから、本当のことを書いてくれ」

というお便りをいただいたことがあった。面目ないが、私の書くことはぜんぶ本当の話である。これでもまだ飾っているほうで、飾らずに書けば、聞くもナミダ語るもナミダのちょちょぎれ話になるのである。ご理解いただきたいと思う。

かかあ天下はよいことである。私なんか、元家内の大きなお尻《しり》の下敷きになることを形而上《けいじじょう》、形而下《けいじか》を問わず無上の喜びとしたものであった。日がな一日、どうしたら小言を言ってもらえるか、ない知恵を絞って一所懸命考えたものであった。アホな男と言わば言え、笑わば笑え。私は切実に小言が聞きたいのである。

嫁さんに来てくれるならキツネでもツルでも夏目雅子さんでも

むかし、イザナギは妻のイザナミが恋しくなって、黄泉国《よみのくに》、即《すなわ》ち死者の国まで迎えに行った。イザナミはどうしてもっと早く来なかったのかと詰《なじ》りながらも、うれしかったのだろう、

「黄泉国の神さまと相談するから、その間、部屋をあけて私を見てはいけませんよ」

とイザナギに言ったのであるが、見るなと言われれば見たくなるのが人情というもので、国生みの神といえども例外ではなかったのである。

ツル女房も『蘆屋道満大内鑑《あしやのどうまんおおうちかがみ》』の信太《しのだ》の森のうらみ葛《くず》の葉、即ちキツネだって同じことである。

よせばいいのに、あけて悔しき玉手箱。恋女房のかわりにツルやキツネがいたのではたまらない。

「うちの嫁はん、実はキツネでんねん」

とはさすがに言いにくいのである。

ダンナは病院に、ヨメはんは動物園に、てなことになっても困る。このテの昔話はどれも似たようなもので、要するに、男がたったひとつの約束を守ることができなかったために、美人でやさしい女性に逃げられるというのがお決まりのパターンになっている。これを、ワン・パターンという。

昔話は単なるお話ではない。『イソップ』にしろ『ラ・フォンテーヌ』にしたって、何らかの人生訓になっていることが多い。

「恋しくば尋ね来てみよ和泉《いずみ》なる信太の森のうらみ葛の葉」のわがキツネどのの場合はどうだろう。

ひとつ間違えば女は怖い、てなことをお考えの男性諸君は、ハッキリ申しあげてバツイチ予備軍である。

経験者は語る。自慢ではないが私のことである。

どんな女性にだって、あなた、欠点のひとつやふたつ、あって当たり前である。お茶を飲んだらヘソから漏れる、というのなら大いに問題であるが、そうでないのなら多少のことには目をつむるのが男というものである。

男の出方次第によっては、女は鬼にもなり仏にもなるというのが信太妻の教訓であると経験者は愚考する。そうではないか、男性諸君。はてな。

私なんか、ツルでもキツネでも夏目雅子さんでも、この際、見るなと言われれば金輪際見ないつもりであるが、だれか来てくれないかしらん。

余談だが、私の元家内はすこぶる付きの美人であった。

「人がトイレに入ってるときに絶対のぞいたらあかんよ」と言われたのに、のぞいたら、いなくなった。狐狸《こり》のたぐいではなかったかと怪しまれるのである。

押入れの手提げ金庫の番号は別れた妻が知っております

わが家の押入れには、小さな手提げ金庫が鎮座ましましている。手に持って振ると、チャラチャラというありがたい音がする。お宝が入っているのに違いない。家計窮迫の折から、まことにもって頼もしいかぎりである。もっとも、小指一本で持ち上げることのできる軽さが多少心配でないこともない。おまけに音のほうも、チャラチャラではいかにも心細い。

百聞は一見に如かず。開けてみようと思う。てなことを五年前から考えているのであるが、開かないんだな、これが。毎度おなじみでまことに面目ないが、この金庫の番号を知っているのは別れた妻だけなのである。

逃げた女房にゃみれんはないが、金庫の番号には大いにみれんがある。何番やったたっけ、元女房どの。

もっとも、元女房どの、

「淳ちゃん（これ私の本名である）、お風呂《ふろ》のお湯いっぱいになったから先に入っとって」

と言うから、よしきたとばかりスッポンポンになって風呂場に入ると何だかおかしいのである。真冬なのに湯気が立っていないではないか。湯船に手を入れて縮み上がったことなら三度ばかりある。水風呂だったのである。

「あほー、わしはペンギンとちゃうねんど」

なんて怒ってみたところで、この現実をいかんせん。

「ごめんー、湯沸かし器のスイッチ入れるのん忘れとってん」

さぶ〜っ。忘れるなっ。

「今度はちゃんと入れるから、待っとって。服着な風邪引くで」

おまえのせいやろ、と言いたいところをグッとこらえて、おとなしく服を着て待つかというと、そうはゆかないのである。

男がいったんスッポンポンになったら最後、そうかんたんに引っ込みがつかないのである。風呂だけに限ったことではない。男とはそーゆーものである。これを、やせ我慢、という。

そこでどうするかというと、こういうときはヘタに動くと、かえって寒い。ゆえに水風呂の表面があったかくなるまで、湯船にしがみついてじっとしているのである。水を抜いてしまうのはもったいないから、その上から湯を足すのである。湯気が風呂場に充満するのを待つのである。

「あほちゃう?」

ほんま、あほや。真冬に水風呂に入れてくれるヨメハンもろて。こーゆーヨメハンであるから、金庫の番号を覚えている可能性は低いのである。

金庫もヨメハンも、さっぱりあきまへん。

寒きもの
背筋を走りぬけるとき
何があってもふりむくなかれ

女性の場合はどうなのかわからないが、男性の場合、小用を足すときに寒きものが背筋を走りぬけることがある。

聞いた話では、こういうときにふりむくと、めでたく幽霊諸君とご対面ということになるのであるらしい。私はご免被《めんこうむ》るが、ご興味がおありの方は一度お試しになっていただきたい。

もっとも、ふりむけば愛ではないが、ふりむけば夏目雅子さんなら、少々しょんべんばちびりますたいでも構わないのである。もともと、しょんべんばちびっていたのであるから、ものはついでである。夏目雅子さんのユーレイ、出てくれないかしらん。

お盆のころであったと思う。大食いボンこと、ラクヤ薬品の村富生典君（いずれも仮名）を連れて白浜へ出かけたことがあった。「銀ちろ」というお店で食事をするためである。

白良浜《しららはま》で花火を見ることができたのはよいが、なんせお盆である。帰りは大渋滞で、仕方がないから父の田舎へ抜けて、ついでにお墓参りをして帰ることにした。父方の墓は竜神温泉に程近いところにある。そこから高野山へ向かえばガラ空《す》きで一石二鳥である。

余談だが、竜神の近くに寒川というところがある。寒川と書いて、そうがわと読む。だから、私の名前は本当はそうがわである。父の父が大阪府会議員をしていたとき、読みにくいから、さむかわに変えたらしい。地方によっては、さんがわ、かんかわと読むところもある。私の調べでは、寒川という地名は北は北海道から南は沖縄まで分布している。ご本家は相模国《さがみのくに》の一の宮、寒川神社である。

竜神に着いたのは午前零時であった。ただでさえウロ覚えのところへもってきて、四囲は真っ暗で、墓の位置がわからない。たまたま遅くまで電気のついているお店があったので、その前に車をとめて途方に暮れていると、車が一台店の前にとまり、中から女の子が二人降りてきた。

「すみません、この辺にお墓がありますか」

と尋ねると、一瞬体が硬直したようであったが、すぐに笑い出して教えてくれたのである。

墓は山の斜面にあった。うちの墓は斜面の上のほうにある。もとより一寸先は闇《やみ》である。村富君とマッチを擦り擦り石段を登りながら、何度も背筋が寒くなって、しょんべんばちびりそうになったのである。

それでも何とかお墓に参って目的だけは達したが、行きはヨイヨイ、帰りはやっぱり怖かったのである。

世間では医者は金持ち苦労なし女にモテるああ肩が凝る

面目ないが、私は最近になってはじめて赤字ということを身をもって知ったような気がするのである。

先日、わが家の地震・雷・火事・親爺《おやじ》のオヤジが、

「ちょっと、これ見てみい」

と銀行の通帳を差し出すから見ると、数字の前に横棒がある。だれの通帳かというと、私の通帳である。

横棒が何を意味するのかは不明なれど、確実に横棒付きの数字が増えているから、ほお、結構あるやないのと感心していたら、

「ええかげんにせえよ」

と言われたのである。

この横棒はすなわちマイナスの意味であって、増えていたのは、ビタ一文もない状態をはるかに通り越して積もり積もった赤字だったのである。それならそうと早く言え。

感心して損バコイタ。

うちの取引銀行は、何度か名前が変わって、ようやく花の名に落ち着いたところで、私のごとき赤字預金者にさえ、ティッシュペーパーとトイレットペーパーを恵んでくれるありがたい銀行である。他人のフンドシで相撲を取っているわりには、くれるものといったら紙ばっかり。山羊《やぎ》じゃあるメェーし、バカにすなっ、責任者出てこいと言いたいところではあるが、万が一責任者が出てくるようなことがあったら、ひたすら謝らなければならないから、黙っていることにしようと思う。

大体私は、ちゃちゃむちゃな男である。家内が家にいたころは家内が家計を握る、あるいはワシづかみにしていてくれたから、かろうじて黒字であったが、いなくなったら、めでたく阿呆《あほう》と猫の二人が残ることになって、野となり山となり、ほとんど便所の火事状態なのである。煮るなと焼くなと好きにしてもらいたい。

猫と私が何とか露命をつないでいることができるのは、親と友人の森本君夫妻のおかげである。親は私を生んだ責任者であるから、まあよいとしても森本君夫妻は赤の他人である。赤字の他人だという説もあるが、ごはんを食べさせてくれたり、Tシャツに靴下、パンツなどを買い与えてくれるから、そんなことはないのであろう。先日なんか、百グラム五百八十円の肉ですき焼きの大盤振る舞いをしてくれたのである。持つべきものは友達ではないか。奥方いわく、ほんまは七百八十円だったが台風で五百八十円にまけてくれたのであって、そんなこと新聞に書いたら覚えとけよ、うんぬん。

書いてしまったのである。

向後の晩メシをいかにとかせむ。

花の名に変わったけれど高利貸し　猫持

短歌より俳句が好きで歌よみになった阿呆が約一人おる

うたを詠《よ》む前は俳句をやっていた。

私はうたの道に師と呼ぶべき人を持たないが、俳諧《はいかい》の師匠ならいた。歌よみになってしまったがためにご無沙汰《ぶさた》申し上げているが、後藤比奈夫先生がその人である。先生は大阪を代表する虚子直系の故後藤夜半翁《やはんおう》のご子息であられる。五年ばかりお世話になった。手とり足とり教えていただいた。

私の第一歌集『ろくでなし』に俳句を併録してあるのはそのためである。

先日、男性読者よりお便りをいただいた。

「上六《うえろく》の某古本屋さんで『ろくでなし』を百円で買いました」うんぬん。

あれは、この世に五百冊しかない稀覯本《きこうぼん》だから百円なら断然お買い得である。表紙は若かりし日の私のカラー写真、裏表紙はにゃん吉とのツー・ショットである。

表紙の写真は二十五歳当時、西條八十《やそ》の帽子の詩で有名な群馬県の霧積《きりづみ》で撮ったもので、一週間に十日来いとはこーゆー男のことをいうのではないかと思えるくらい、いい男に写っている。

はてな。

何の話でありましたっけ。そうそう、俳句の話でありました。『ろくでなし』より拙句を少しくご披露申し上げたいと思う。

浦島の話をすれば亀《かめ》鳴きぬ

右は角川書店の『北陸・京滋ふるさと大歳時記』に載っている。歳時記に載ったのは後にも先にも、この一句のみである。

牛の面程《つらほど》はごわっど島大根《しまでこん》

島大根は桜島大根のことで、司馬遼太郎先生に褒められた句である。

道をしへ風呂屋の角で別れけり

きちきちの吹き戻されし草の海

読みさしの高野聖《こうやひじり》や蚊帳《かや》の中

道をしへは斑猫《はんみょう》、きちきちはキチキチバッタのことである。

飛魚の飛びて大波小波かな

この句は十八歳の時、壱岐《いき》へ渡る連絡船上で実際に見た光景を一句にまとめたものである。

面目ないが、私は今でも短歌より俳句のほうが好きなのである。歳時記を眺めているだけで古きよき時代の郷愁に心が震えることがある。失われて久しい時代の光景を垣間《かいま》見ることがある。

菊を着てみんなあの世の人ばかり

会うは別れの始めとは申せ、〈歩いても歩いてもなほ花の中〉という人生も、なきにしもあらずと思う。

真面目的短歌堂堂大行進
猫持的短歌匍匐前進有是

掲出の拙歌は、『台湾万葉集』で菊池寛賞を受賞された、孤蓬万里《こほうばんり》こと呉建堂氏のご質問に答えて詠んだものである。

そのことに触れる前に、私自身の文芸上の立場、あるいは出自について明らかにしておく必要がある。

私は歌よみであって、いわゆる歌人ではない。この場合の歌人とは歌壇歌人のことをいう。私は歌壇に師と呼ぶべき人を持たない。

私の師匠は名コラムニストの山本夏彦先生である。文壇からデビューした短歌作者であるから、歌人ではなくて歌よみなのである。

だったら俵万智《たわらまち》さんはどうなのかと読者諸賢はお思いかもしれない。もっともであると思う。彼女の活躍の場は、歌壇・文壇はもとよりテレビにまで及んでいる。さりながら、彼女の母体はあくまでも「心の花」という名門結社であって、そういう意味では生《き》っ粋《すい》の歌壇歌人なのである。私などとは違って由緒《ゆいしょ》正しき歌人であると言える。

歌人が文学者なら、歌よみは文芸家である。歌をよむ芸人である。『台湾万葉集』の呉建堂氏は芸術と化した現代短歌に少なからざる疑問をお持ちであって、かつてそのご心中を歌よみである私に漏らされたことがあった。

歌壇というところは、真面目《まじめ》的短歌が横行闊歩《かっぽ》するところである。それはそれでよい。氏も私も、真面目的短歌がよろしくないなんてことは言ってはいない。言うつもりもない。

問題は、真面目的短歌がすべてで、猫持的短歌などは軽薄で、まったくの駄作かつ狂歌に過ぎないと断定するところにある。残念ではあるが、かかる度量の狭さこそが歌壇歌人の限界であると我々は言いたいのである。

人を呪《のろ》わば穴二つ、という。そこからは何物も生まれはしない。私が歌壇歌人を無視しているのではなく、歌壇歌人が私を無視しているのである。それは、彼らの勝手であるから、ここでは多くを語らないことにしたいと思う。

私は現在、わけあって「日月《じつげつ》」という短歌同人誌に所属している。

読者諸賢のお便りに短歌が添えられていることがある。「日月」にご入会いただけるとありがたい。ご興味がおありの方は、

〒一八五—〇〇三三　東京都国分寺市内藤二の八の四六「日月社」永田典子宛《あて》にご連絡いただきたい。

難しくお考えになられる必要はない。気楽な集まりなり。

お歌を見てさしあげることができるかもしれない。

「やゝ、うせくゎぐゎそーちっち、
てーげてーげしぃよ」
徳之島弁なり

毎度おなじみの友人の森本君夫妻、ダンナの名を森本昌宏という。麻酔科の医者である。眼科の医者が目医者なら、さしずめ彼は麻医者である。奥方も同じく麻医者である。私と同類のバツイチであるが、私と違って女性をだますことに長《た》けているから、オッサンのくせして十も年下の奥さんがいる。実にけしからん男である。寂しいときに遊んでくれるから今回はこの位にしておいてやろうと思う。

森本君はペインクリニックの世界ではちょっとは名の知られた存在であるらしく、中国へ招待されて講演したこともあるのである。

中国大陸を移動する国内便の中で奥方がニンテンドーのゲームボーイで遊んでいたら、

「機内での電子機器のご使用はご遠慮下さい」

とスッチーに中国語で言われたらしい。中国語はわからないけれど、たしかにそう言っていたと奥方は主張する。ゲームボーイで飛行機が本当に落ちるのかと中国語で聞いてみたかったと言うから、そんな時は、

「ヤオチャンシー、ツァイナーリ？」

と言ってやりなさいと教えてあげたのである。

教養があるとつらいのである。

奥方が目を丸くして、それはどーゆー意味かと聞くから、「郵便局はどこですか」という意味だと答えて思いきりバカにされたことがある。

いわく「オッサン、あほか」うんぬん。

そんなこと言われたって、これしか知らないのであるからやむを得ない。やむを得なければ仕方がない。

韓国語なら、「イルボンクァンゲンダン、トーチャクハシミタ」だけである。

「日本人歓迎団が到着しました」という意味である。通じることは通じるであろうが、

空の上で郵便局はどこですかなんて言ったりしたら大変である。機長をはじめ乗務員、乗客の注意が集中してヒコーキ自体がそれこそ上の空になりかねないのである。

中国語や韓国語がわからないのはまだわかる。日本語がわからないことがある。

掲出の拙歌は徳之島弁である。さすがにわかる人は少ないだろう。拙著『猫とみれんと』(文藝春秋刊)には、この歌の隣に、「『おまえ、不細工なん連れてきて、ええ加減にせえよ』右の訳なり」という歌があって対になっているのである。言葉というものは、面白いのである。

小学生の頃なりき
ネーチャンを風呂《ふろ》に誘えば
みな承知せり

幼いころの記憶がないのは視力の発達に関係があると思う。猫の赤ちゃんは生まれて七日前後で目が開くが、まだハッキリと見えているわけではない。人間だって同じことである。

三島由紀夫は、自分が産湯《うぶゆ》を使ったときの盥《たらい》を覚えているなんてことを『仮面の告白』に書いていたが、いくら三島でもそれはないだろう。

目医者がないと言うのだから、ないのである。

現に、私なんか子供のころのことなんて、ちっとも覚えてはいないのであるが、自分は覚えていなくても、他人はしっかり覚えているということが、世の中には往々にしてあるものであるらしい。

　わが寒川医院は、一階で父がフツーの医者を、二階で私が目医者をという段取りになっている。三階は居間兼台所である。四階はというと、ま、そんなことはどうでもよろしいが、近所の風呂屋のおばちゃん、一階にていわく、

「二階のセンセ、いっぺん病院へ連れて行ったりなはれや」

「なんでやねん」

というところへ、暇を持て余した私が一階の白衣の天使諸君をおちょくりに、二階から下りてきたとお思い願いたい。

「なんでて、このセンセ」と、風呂屋のおばちゃん、私を指さしながら、

「ちっちゃいころ、おばあちゃんに連れられて、うちの風呂へ来るたんびに、番台へ上げゆーてやかましさかい、上げたったら、嬉《うれ》しそうな顔して女湯ばっかり見てはりましてんで。そやさかい、いっぺん病院へ連れて行ったりなはれ」と言うではないか。

　なんでやねん。安モンの政治家ではないが、そんなこと言われたって、まったく記憶にございませんと反論しようとしたら、

「エーッ、ウッソー、それやったら、ぜんぜん成長してへんやんか。信じられへーん」なんて、一階の天使諸君の総攻撃を受けてしまったのである。時まさに、ペルーの日本大使館を占拠したテロリストたちが全滅した直後のことであった。衆寡《しゅうか》敵せずの感あり。

風呂で思い出したことがある。

小学生のころなりき。当時、大学を卒業したてのお姉さんにお願いして、一緒にお風呂に入ってもらったことがあった。何にも覚えてはいないが、ものすごいベッピンさんであったことだけは確かである。

名をA美ちゃんといって、風のうわさに聞く君は、今は某大手コーヒー会社社長の奥様だとか。

面目ないが、好きだったのである。

吉野家で牛丼《ぎゅうどん》買って大阪の場末の夜をコソコソ歩く

吉野家の牛丼は安くてうまい。しかも二十四時間営業であるから、男やもめにとっては実にありがたい存在である。分量も適当であるから小食の私もちょくちょく買って帰ることがある。

私は一応医者である。大正区三軒家では顔を知られている。私がにわかやもめであるということをご存じでない人も多い。その私が牛丼を提げて歩いていたりなんかしたら、何を言われるか知れたものではない。

ゆえにゴキブリよろしく、人目につかない暗いところばかりを選《よ》って2DKのわが家にたどり着き、おもむろに食するのである。多少は猫も手伝ってくれるので食べ残すことはない。

私の場合、どのくらい小食かというと、朝は食べない。幼稚園に通うようになってからこの方、食べたことがない。昼は食べてもうどんかカレーである。抜くことも多い。夜も似たようなもので、おかずならほとんど残す。ごはんも、まずお代わりをしない。これといった理由はないが、強《し》いていえば、食べるのが面倒臭いのである。猫とふたりで勝手にゴロゴロしているぶんには、小食だからといって何ら困ることはない。問題はだれかと食事をしなければならない場合である。

実は、こういうときのために強力な助っ人を用意してあるのである。ラクヤ薬品の村富生典君（いずれも限りなく実名に近い仮名）がその人なり。あだ名をボンという。あほボンのボンである。会食には必ず、このボン君を引き具してゆくことにしている。

どのくらい頼りになるかというと、このボン君、ビールを大ジョッキに五杯飲み、焼き肉を十人前平らげ、ごはんの大盛りを二杯もお代わりして、まだ腹八分目という男であるから、私の残したぶんぐらい、それこそペロリである。

源頼光《らいこう》の四天王も顔負けの剛の者、というよりは単なる阿呆《あほう》の大食いといったほうが適当かもしれないのではあるが。こういう男は例外として、せめて人並みに食べてみたいと思う。

カレーなら自信あります
病みつきになるは請け合い
猫持カレー

男子厨房《ちゅうぼう》に入るべからず、と古人は言った。家庭での話である。料亭の厨房で実際に腕をふるっているのは、ほとんどの場合が男子であるということは周知の事実である。私は、女性がいなければ何ひとつできない男である。ウソではないが、何事にも例外はある。言うてすまんが、私は料理が得意なのである。女性諸君に遠慮して黙っていたのではあるが、某女性画家に、「料理学校に通うべし」というおハガキをいただいたので書くことにした。

何だって作れるが、おのずから得手不得手があるのは専業主婦ではないからやむを得ない。やむを得なければ仕方がない。

得意な料理は何かというと、おじや（雑炊）、松茸《まつたけ》ご飯、土瓶蒸しにカレーを挙げることができる。

中でもカレーは明日からお店を出しても十分にやってゆけると、自他共に認める腕前である。

わが親を嚆矢《こうし》として、白衣の天使諸君ならびにそのご家族に毎月作ってくれと言われる程なのである。別れた女房なんか、未《いま》だにカレーを作って冷蔵宅配便で送ってくれと言っている。

レシピは決まっている。内緒ではあるが少しくご披露申し上げると、材料はミネラルウォーター三リットルにニンジン、ジャガイモ、タマネギ、ニンニク、マッシュルームにホールトマト。バター一箱、スパイス二十種類、ブイヨン、フォンドボーの缶詰、グラスドビヤンドの缶詰、レッド、イエロー、グリーンカレーのペースト。トマトスープの缶詰、トマトピューレにケチャップ。トマトジュース、牛乳、赤ワイン。市販のカレールー四種。ココナッツミルク、ビーフ、ポーク、チキンにエビ。ローリエ。ウースターソースというラインナップである。これにインディカ米が加われば完璧《かんぺき》である。

右のレシピで約二十人前の猫持流特製カレーができるということになる。問題は材料に要する費用で、一回作るたびに二万円は必要である。お店を出すとしたら、二千円はいただかないと採算がとれないが、一流ホテルのカレーよりうまいことは保証できるから、医者と文士がダメになったら、やってみる価値はあるかもしれない。

百聞は一食に如《し》かず。

読者諸賢にも大盤振る舞いをしたいのは山々ではあるが、私の一存で決めることのできる内容ではない。毎日新聞連載担当者のサンダース軍曹に相談したいと思う。

お好みの
和久井映見《えみ》ちゃん入籍す
こんなときでもうまいんだなこれが

世の中には、カワイ子ちゃんから売れてゆくという、チョンガーにとっては恐怖の法則がある。

一方、残り物には福があるという法則もある。この場合の残り物とは、すなわち私のことである。バツイチのにわかやもめを残り物と言ってよいのかどうかはわからないが、とにかく私は残っているのである。

福うんぬんはともかくとして、残るのは寂しいことである。自業自得《じごうじとく》、身から出たサビ、因果応報、言い方はいろいろあるが、要するに寂しいのである。

新幹線に乗り遅れるなんていうのもシャレにならないが、人生の幸せに乗り遅れるということになると、シャレにならないどころの話ではない。臣ガ終生ノ遺憾《いかん》ニシテ、てなことにならなければよいがと、ただいま一層奮励努力中である。

「うまいんだなこれが」の和久井映見ちゃんも、いつだったか、だれかさんと一緒になってしまったし、「ジョージアで一休み、一休み」の飯島直子さんも、これまただれかさんとご一緒になられるご予定であるらしい。

植木等さんではないが、「世の中間違っとるよ」と私も声を大にして言いたいと思う。もっとも、私がテレビのCMなどで一方的に彼女たちを知っているというだけのことであるから、間違っているのは世の中ではなくて私なのではあるが。

それにしても、山田洋次監督の名画『息子』の和久井映見ちゃん、かわいかったなぁ。「愛だろ、愛」のお兄さんとキスなんかしちゃったりして。じ、実に怪《け》しからんっ。

そこで私は考えたのである。前述のお二方はすでに手遅れだとしても、森高千里《ちさと》さんや北浦共笑《ともえ》さん、ミポリン（中山美穂さんのこと）、さとう珠緒《たまお》さん、水野真紀さんなどなど、キレイなおねえさんとお知り合いになるためには、どうすればよいのかということを夜も寝ずに考えたのである。

夜も寝ずに昼寝をして考えた結論やいかに。

書くのもバカバカしいが、よしや地球が三角になり月が四角になろうとも、金輪際その可能性はないという結論に達したのである。

こんなことなら歌よみなんかになるんじゃなかった。後の祭りだとは百も承知ではあるが、どこかに奇特な監督さん、あるいはプロデューサー氏がいないかしらん。だれかキレイなおねえさんと共演させてくれないかしらん。もしも、そんなことがあったら、目と目が合ったその日から、恋の花咲くこともあるのではないかと愚考している昨今ではあるが、だめだこりゃ。

ＣＭのおかげで見れるカワイイ子
ほんまターセルさまさまやわ

私はテレビを見ない。別にこれといった理由があるわけではないが、強《し》いて言えばウルトラマンが悪い。

バルタン星人だのエレキングだのベロクロンだの、大層な格好をした敵が次から次へと出てくるから、わくわくして見ていたのである。敵がどんな技を使うのかが楽しみだったからであるが、見て損をした。

殴る、蹴《け》る、投げる。これぱっかり。ばかばかしい。これならフツーの格闘である。いちいち大層な格好をして出てくる必要はない。何もウルトラマンに限ったことではない、仮面ライダーだって同じことである。

私はコレでテレビをやめました、というのは冗談であるが、そもそも見る習慣もなければ暇もないというのが正直なところである。まったく見ないかというと、そんなことはない。まれに見ることがある。何を見るかというとコマーシャル（以下ＣＭ）を見る。

私はＣＭが大好きである。ＣＭだけの番組表があればよいとすら思っている。どうして好きなのかというと、なんべん言っても同じことではあるが、私はバツイチのにわかやもめである。昔と違って今ではバツイチの社会的地位も向上してきているらしいが、それでもバツイチでないほうが諸事有利なことに変わりはない。まして、私のようなオジサンの場合、女性のことだけに関して言えば、ナミダのちょちょぎれることばっかりなのである。心やさしい友人の森本君夫婦などは、

「とにかく町へ出て、だれでもええから声掛けてみたら」

なんて親切に言ってくれるのではあるが、たとえば好みのタイプの女の子が歩いていたとして、どうする、どうなる。どうにもならないのである。

声を掛けるだなんて、とんでもない。

うまくいって、

「エ、ウッソー、オジサンってバツイチ、サイテー」

が関の山で、下手をすればお巡りさんに連行されかねないのである。

そこへゆくと、CMならそんな心配は無用である。

世の中にはCMが嫌いだという人もいるけれど、バツイチになってごらんなさい。それこそ、神さま仏さまCMさまなのでありますぞ。どこの世にロハでかわい子ちゃんを見せてくれるところがありますか。CM以外にはないのであります。いや、ほんと。

ここで掲出の拙歌をごらんいただきたい。

映画『大脱走』のマーチに乗って大阪弁を操るこのかわい子ちゃん、ほんまターセルさまさまやわ、なのである。

実験に供すと言いて先輩の捕らえし猫を深夜に放つ

私は聖人君子ではない。キレイゴトを言うつもりもなければ資格もない。

それでも、この世に生を享《う》けたものは、たとえゴキブリといえど、その生を全うする権利があると信じている。

世の中には小さな羽虫が飛んでいるのを見ると叩《たた》き潰《つぶ》さずにはいられない人がいる。

猫の赤ちゃんが生まれると段ボール箱に詰めて川に流す人がいる。

私は聖人君子ではないが、そのことを悲しく思うことがある。涙を流すことがある。

弱い者を見ると捨てては置けないことがある。

高校生のころ、家庭教師であった阪大生が迷い込んできた蛾《が》を叩き潰そうとしたことがあった。その阪大生の言に依《よ》ると、私はそれを止めたのであるらしい。

「あんたが殺さなくても短い命である」

とも言ったらしい。そんなことがあったかもしれない。だとしたら、虫も殺さぬイイ男とは、すなわち私のことである。

中学生のころ、国語の教師に名指しで「牛の天敵は何か」と尋《き》かれたことがあった。私は答えることができなかった。答えは人間に決まっていたからである。おまけに牛肉が大の好物であったからである。

医者になって神戸の某病院に勤務していたとき、上司であるO医師が実験用に猫を捕まえてきた。その辺を機嫌よく歩いていた猫を捕まえてきたのである。段ボール箱に石の重しを載せて、たまたま当直であった私に逃げないように番をしていよと言った。

医者の世界は白い巨塔である。上司の命令は絶対である。番をしていよと言われれば、するよりほかはない。寒い夜のことであったと思う。私は段々と腹が立ってきた。何の罪もない猫をと思うと居ても立ってもいられなくなってきた。怒髪天《どはってん》を衝《つ》いてきたのでである。白状すると、私はこのとき初めて人に対して殺意を覚えたのである。クビを覚悟で猫を逃がしたのは言うまでもない。

人間だけが生きているのではない。こんな簡単なことに気が付かなかったために今日の混迷があるのではないか。よしやノーベル賞を取ろうとも生き物を殺してもよいという法はない。いわんや、医学博士号なんて下らぬもののために殺生《せっしょう》をするのはもってのほかのことである。

一度言ってわからなければ何度でも言う。博士号などは名誉欲以外の何物でもない。ムダだからおよしなさい。弱者のいのちを大切にしないでよく医者だなんて言えるなあ、と医者である私は思うのである。

もみじ饅頭《まんじゆう》一個くわえて走ってる
あの縞縞《しましま》がうちの猫です

猫持だなんて、おかしなペンネームだとお思いの読者諸賢もおられることと思う。正岡子規の門人で寒川鼠骨《そこつ》という俳人がいたが、むこうが鼠《ねずみ》ならこっちは猫で勝ちだろうとか、万葉の歌人大伴家持にひっかけて、家は持っていないが猫なら持っているというシャレだろうとか、いろいろ言って下さる人がいる。

白状すると、本棚に古ぼけた姓名判断の本があって、画数を計算していたら、たまたま猫持という名前がよかったというのが正直なところである。偶然くっついた鼠骨、家持説も併せて、私はこの猫持という名前が大いに気に入っている。改名しようかと思っているくらいである。

私の知人に改名マニアがいて、彼の言に依ると、たとえば猫持宛《あて》の郵便物などを一年分まとめて家庭裁判所に持ってゆけばＯＫなのだそうである。

余談ではあるが。

ところで私は猫を持っている。キジトラ種の雑種で、名をにゃん吉という。石川県の羽咋《はくい》市で拾ってきてから今年で二十年になる。なぜ能登半島かというと、学生時代を石川県で過ごしたからで、考えてみれば長いお付き合いである。今でもピンピンしている。

「あんた医者やから、動物実験でネコ使いはりましたやろ」

と聞かれることがある。

ごもっとも。本来ならば返す言葉がないところではあるが、そもそも私は本来の医者ではない。しがない町医者である。だから一回もしたことがない。あんなのは弱い者いじめである。弱い者いじめはしてはいけません。

で、一匹の猫を愛し続けて二十年。女房を愛したのは、たったの六年。

「私は猫に対して感ずるような純粋なあたたかい愛情を人間に対していだく事のできないのを残念に思う」と寺田寅彦《とらひこ》も言っている（『寺田寅彦随筆集』二、岩波文庫）。

うちのにゃん吉はもみじ饅頭を与えたら、くわえて走るという大の甘党のケッタイな猫ではあるが、先日、猫寺として有名な京都の称念寺さんにこの猫の弥栄《いやさか》をお祈りに行った飼い主のほうもケッタイであるから、どっちもどっちである。

私の大好きな映画のひとつに勝新太郎さんと田宮二郎さんの名コンビで大ヒットした『悪名』シリーズがある。原作は今東光《こんとうこう》さんである。

私とにゃん吉とはこの関係に似ている。朝吉親分はもちろん飼い主である私で、清次兄さんはにゃん吉である。梅にウグイス、松にツル、猫持といえばにゃん吉なのである。

俳句撰《せん》

蜆《しじみ》汁子なき夫婦に貰《もら》ひ猫

木犀《もくせい》や吾《われ》に猫待つ家路あり

夢の世の風に抱かれて萩《はぎ》の寺

風車並べて風を売る男

子燕《こつばめ》のためにも家賃払ひをり

漱石に紙魚《しみ》の這《は》ひをり古本屋

哲学を少し齧《かじ》りし紙魚らしき

大阪市立夕陽丘中学校　二十年ぶりの同窓会に思ふ

遠雷のひとたび近くまた遠く

雪女郎別嬪《べつぴん》ならば吾ゆかん

柊《ひいらぎ》の花の香の棘《とげ》の中

吾子《あこ》ひとつ九官鳥に劣る春

まあだだよ天から声す百閒忌《ひやつけんき》

虫籠《むしかご》にごきぶり飼うてどこかの子

逆様に吾を見てをる守宮《やもり》かな

君帰国世はおしなべて夏祭

逃水といふ初戀の思ひ出も

夕焼を消したる空の消防士

夏の浜ゆき金の砂銀の砂

六郎の絵の中で会ふ春の風

悼「諷詠」同人、梅田蘇芳氏

初雪の触るれば消ゆるいのちかな

大晦日《おおみそか》に

今頃は八十嶋《やそしま》かけて寶船《たからぶね》

——人間は、時として、満たされるか満たされないか、わからない欲望のために、一生をささげてしまう。その愚をわらう者は、畢竟《ひっきょう》、人生に対する路傍の人に過ぎない。

芥川龍之介

私空間

好意謝す

尻《しり》なめた舌でわが口なめる猫　好意謝するに余りあれども

筆名が猫持というくらいであるから、当然のことながら猫を持っているのである。石川県は羽咋《はくい》市出身のキジトラ種のオスで、名をにゃん吉という。当年とって二十歳である。ちなみに飼い主は四十五歳である。

飼い主のほうは生来の物ぐさで、縦の物を横にもしないのは昔も今も同様であるが、猫だって二十年も生きれば物ぐさになるもので、近ごろは爪《つめ》すら研《と》がなくなった。研がなければすなわち伸びる。やがては手のひらの肉球に食いこんでにっちもさっちもゆかなくなる。物ぐさが二人そろえば、こんなものである。

急遽《きゅうきょ》、獣医さんに往診をお願いすることになったのである。獣医先生、猫を猫袋に押しこみながらいわく、「お若く見えますね」

思わず「ありがとうございます」と御礼を言上したら、

「だれがあんたのことゆうてまんねん。猫ちゃんの話でんがな」と言われて大恥をかいたことがある。獣医が飼い主にお世辞を言ってどうなる。そんなこともわからないなんて。

犬と違って、猫が飼い主をなめるのは余程のことである。アイ・ラブ・ユーの印である。

なるべく黙ってなめてもらうことにしているが、尻をなめた舌で口を、となると話は別である。猫のウンチにはトキソプラズマという原虫がいる。そんなものを口移しされたのではたまらない。

日露の役の旅順戦の後、水師営《すいしえい》で敵の将軍ステッセルと会見した乃木《のぎ》大将ではないが、厚意謝するに余りあり、なのである。

歌よみ

私は歌人ではなく歌よみであると自分では思っている。

歌人という言葉には芸術家という響きがあるが、歌よみにはない。歌人が文学者なら、歌よみは文芸家である。もっとわかりやすく言えば、歌をよむ芸人である。

正岡子規が『歌よみに与ふる書』で和歌を短歌と言い改めて芸術に高めてしまうまでは、歌は大衆のものだったのである。歌の一首ぐらい、だれだって詠《よ》んだのである。

私はこのことを残念に思う。だから、もう一度、歌を大衆のものにすることはできないかと考えて歌を詠んでいる。

たとえば妙齢の女性からのラブレターの末尾に歌が一首添えられてあったりしたら、私なんか、もうそれだけでイチコロであると思うのである。

大衆を無視すれば大衆に無視されるという法則がある。私に言わせれば、現代短歌は大衆を無視しているように思えてならない。それでめでたく大衆にも無視されて、俵万智さんは別格として、私の本なんか歌集というだけで、ちっとも売れないのである。

背伸びした途端に椅子《いす》が動きけり背伸びをすればロクなことなし

芭蕉や蕪村の俳句はだれにでも理解できて、なおかつ万古不易である。たしかに子規は偉大であった。だからといって、だれもが子規になれるわけではない。「宜《よろ》しき歌よみ出《いで》たらば、面目もあり、身の名誉も出きぬべし」と『方丈記』の作者も言っているが、もっと肩の力を抜いて歌を楽しむべし、と現代の歌よみ、云爾《しかいう》。

バツイチ

私はバツイチのにわかやもめである。バツイチ歴も平成九年でめでたく五年めとなる。

何がめでたいのかよくはわからないのではあるが、めでたいのはよいことである。

にゃん吉とボクにはついに彼女なし〈天ハ、天ハ我々ヲ見放シタ〉

ちっともめでたくはないのである。セリフの部分は映画『八甲田山』からの引用である。天の側からすれば見放シタ、我々の側からすれば見放サレタ、これをアクティブとパッシブの関係という。

要するに、聞くも涙、語るも涙の飼い主と猫の二人組なのである。

バツイチはファッショナブルでトレンディーだと言ってくれた女性歌人がいた。翻訳すると、カッコよく流行ぐらいの意味であろうが、何をおっしゃるウサギさん。むかし因幡《いなば》の白ウサギは皮をむかれて赤裸になって泣いていたところを大国主命《おおくにぬしのみこと》に助けてもらったのではないか。近ごろの才媛《さいえん》のウサギさんはとんとお忘れであるらしいけれど。

バツイチなんて寂しいだけである。日の高いうちはまだよろしい。戦いすんで日が暮れて、コンビニの弁当をさげて、だれが待つでもない家路をたどる中年のオッサンのどこがファッショナブルでトレンディーなのか、小学生だってそんなバカなことは言わないだろう。

話し相手すらいない、ひとりぼっちの夜。正直なところ、ナミダがちょちょぎれるのである。『酒とバラの日々』という映画があったが、私なんか花の咲かない枯れスキなのである。

荒野よ

〈青年は荒野をめざす〉あわれかな中年もまた荒野をめざす

「帰って来たヨッパライ」で有名なザ・フォーク・クルセダーズの曲に「青年は荒野をめざす」というのがあった。

青年のめざす荒野より、中年のめざす荒野のほうがキビシイのであるということを、中年のオッサン、すなわち私は言いたいのである。そうではないか、中年のオッサン諸君！

まして、私のようにバツイチともなると、なおさらである。

木口小平は死んでもラッパを離しませんでした、ではないが『男はつらいよ』の寅《とら》さんは死ぬまで家庭のだんらんを追い求めて、ついに得ることができなかったのである。

目下、寅さんの二代目をだれにするかということでいろいろあるらしいが、自慢じゃないが私なんか寅さんを地でゆく人生なのである。売りこんでいるわけではないが、山田洋次監督、私ではダメでしょうか。

私ぐらいの年齢になれば、何が人生の幸せかということなら十分にわかっているのである。

たしかに、歌よみとして世間に認められて、某新聞社から原稿の依頼が来る、なんていうのも幸せのひとつには違いない。

天は二物を与えずというから、それでよいのではないかという人もいる。まかり間違って私が家庭のだんらんなるものを手に入れたら、猫持的短歌を詠めなくなるのではないかと心配してくれるのである。

それは言える。あるいはそうかもしれないが、心配はご無用である。なぜなら、いつまで続くぬかるみぞ。花すら咲いていないから、荒野という。

雨にぬれても

わたくしのごとき
阿《あ》呆《ほう》を頼みとし
すり寄る猫も阿呆であるか

掲出の拙歌はNHKブックスの『アニマル・セラピーとは何か』（横山章光著）という本の中で、夏目漱石に並んで引用されたことがある。もう一首はマハトマ・ガンジーのお隣さんであった。

〈猫にしろ犬にしたって純粋なものほどあわれいのち短かし〉がそれである。

光栄の至りだか汗顔《かんがん》の至りだかは知らないが、NHKブックスの編集者さん、何か勘違いしておられるのではないか、と読者諸賢はお思いであろう。

わしも、そう思う。

そもそも私は、この世にいてもいなくても、どうでもよい人間である。自分で言うのであるから間違いはない。

普段、何をしているかというと、何もしていないのである。ただボーッとしているだけである。

平成九年八月某日、某日なんて書けばいわくあり気に見えるが忘れただけのことである。いつものように昼間っからビールを飲んでボーッとしていたら電話が鳴った。

なんと、女性からのお電話であった。面目ないが、女性の声を聞くのは久しぶりである。デートのお誘いかと思ってわくわくしていたら、

「わたくし、NHK『ラジオ深夜便』の室町澄子と申します」

てなことをおっしゃる。

デートのお誘いではなかったのである。

期待して損をしたかというと、そんなことはないどころか、実にありがたいお話だったのである。

九月二十八日(日曜日)の『ラジオ深夜便』に出演していただきたいとの内容であった。養殖のハマチではないが、入れ食い状態でお引き受けした。

室町さんは同番組のチーフ・ディレクターで、私に白羽の矢を立てて下さったご当人である。お相手は作家の安部譲二さんである。元・塀の中の懲《こ》りない面々代表と現・塀の外の懲りない面々総代の二人が、水師営ならぬNHKのスタジオで会見するものであるらしい。『サンデー・トーク』というからには対談するのであるが、何の話かというと、猫の話である。古今東西の猫談義になるのではないかと思われる。

室町さんとお電話の最中、緊張の余り何度も吐き気を催し、電話を切った途端にお昼ご飯のうどんを吐き出してしまった。

言うてすまんが、こう見えてもデリケートなのである。

当日は生放送であるから、粗相のないようにしなければならない。

両足を互い違いに前に出し
ここまで来たがほぼ進歩なし

去る九月二十八日（日曜日）、NHKラジオ『ラジオ深夜便』に出演するため、久しぶりに上京した。両足を互い違いに前に出していたのでは間に合わないから、新幹線で行った。

とりあえずNHKの下見をしておこうと渋谷をブラブラしていたら、

「あんちゃん、切符買わないかい」

と見るからにコワーイお兄さんに言われたのであった。

何の切符かというとミポリンのコンサートの切符であった。

なんでやねん。

たしかにミポリンは好きではあるが、私にだって予定というものがあるのである。言うてすまんが、NHKに出演するのである。

おまけに、出演前に原宿で新潮社の面々と夕食をともにすることになっている。新潮社の面々はいずれもむくつけき男ばかりである。約束なんかするんじゃなかった。ミポリ〜ン。

心ならずもオッサン約三名と原宿でイタ飯を食してNHKのスタジオに着いたときには、いささかヘベレケ気味なりき。

ところがである。同じ山本夏彦門下の兄弟子、安部譲二さんの身長百八十センチ、体重九十九キロの威容に接するや否《いな》や、たちまちのうちに酔いが醒《さ》めてしまったのである。

こうなると私なんかジンベエザメの水槽に放り込まれたサンマのようなものである。ひたすら兄弟子にオンブにダッコしてもらって、無事放送を切り抜けることができた。ありがたいことであると思う。

翌二十九日は勝手知ったる他人の会社、文藝春秋に立ち寄った。私が連載中の月刊誌『カピタン』の面々と昼食の約束をしていたためである。

私の本を世に出してくれた、当時出版局部長、現在は同局長のFさんに会うのも楽しみであった。

文藝春秋は慣れない東京で、私にとってはオアシスのようなところである。ここへ来ると本当にリラックスする。夏彦先生の工作社も然《しか》り。Fさんと私の本の装幀《そうてい》と挿絵をお願いした浜野孝典画伯の三人で工作社の夏彦先生を訪ねることが、今回の上京の最終目的であった。

私は師とFさんと画伯を、それぞれ実の父、母、兄貴だと思うことがある。Fさんは男性だけれど、私の顔を見ると小言ばっかり言うから母なのである。

東京の右三名と大阪の毎日新聞のサンダース軍曹は、私の人生に欠かすことのできない人々である。

帰りの車窓から見える東京の初秋の夕景に、別れの寂しさを思ったのは、やはり年齢のせいだろうか。

千里浜《ちりはま》に晩夏の砂の這《は》うを見き 過去は遥《はる》かな風の落書き

私は毎年、夏から秋にかけて金沢まで日帰りのドライブに出かけることを長年の習慣としている。

わが家から金沢市内まで片道三百二十キロ、行ったら帰ってこなければならないから、往復六百四十キロ。ちょうどよい距離である。

むかし、大阪から東京へ出て、新潟へ回り帰ってきたら、千五百キロであった。むろん、一日で走ったのである。八年前の話である。ル・マン二十四時間レースなんて、まだまだ甘い。あれは何人か交代で走るようになっているが、私なんか一人である。止まったのは給油とトイレのみ。食事は走りながら済ませた。

何のために。

何のためでもない。単に、走りだしたら止まらないだけである。ときどき、ハンドルを握ると人格が変わる人がいるが、私の場合は変わるなんて生易しいものではない。

それこそ、寒の師走《しわす》も日の六月も、ひとたびハンドルを握ったら最後、ひたすら走り続けるのである。

この際、どのように人格が変わるのかということを有り体に白状してもよいのだが、そんなことをしたら、某新聞社学芸部の私の担当者、通称サンダース軍曹が、

「トホホ」

と言って泣きついてくることは明白なので、やめておくことにする。弱い者いじめはいけません。

一例を挙げると、大阪―金沢間三百二十キロを、新大阪発の新幹線のぞみ号が東京に着くより以前に走り切っていた、てなことを得々と書いてはいけないのである。トホホ。

石川県は私の第二のふるさとである。学生時代の七年間を過ごしたところである。一

年は留年した分である。

往時夢の如《ごと》し、という。さすがに懐《なつ》かしい。毎年一度は出かけるゆえんなり。学生時代、女の子を誘っては、よく千里浜に行った。今でこそ、だれも相手にしてくれない、しょぼくれた中年のオッサンではあるが、なに、若いころはモテたのである。

当時の私と現在の私と、外見はともかく中身はちっとも変わってはいない。あゝそれなのに、世の女性諸君、相煎《あいに》ルニ何ゾ太《はなは》ダ急ナル。豆は釜中《ふちゅう》に在って泣くほかはないのであるか。

金沢市内から少しく足を伸ばせば、そこはもう能登半島である。車で走ることのできる千里浜はうちのにゃん吉の生まれ故郷、羽咋《はくい》市に程近いところにある。

われ嘗《かつ》てこの国を旅せしことあり。晩夏の夕つ方、千里浜の潮風の中に思い出は揺れているのである。

年の差の夫婦だってか
てめえには関係ねぇだろ
何だバカヤロ

掲出の拙歌はドリフターズの元メンバー、荒井注さんのパロディーである。ウロ覚えで恐縮だが、実際に三十歳以上の年の差のご夫婦であられるらしい。

ええな、ええな。ほんまにええな。

仮に三十の年の差があるとする。私は現在四十五だから、四十五引く三十は十五でまだ中学生ではないか。

ええな、ええな。ええ加減にせえよ。

言うてすまんが、荒井注さんに比べると、私のほうが格段にイイ男である。

嘘《うそ》じゃありゃせん、ほんまじゃで。やっぱり、持ったが病で治らない器量好みがいけないのであろうか。

先日、大阪では御堂筋《みどうすじ》パレードをやっていたころ、私は近江《おうみ》をドライブしていた。近江すなわち滋賀県はお気に入りのドライブコースである。琵琶《びわ》湖の周辺をウロチョロして長浜の「鳥新」で夕食というのがパターンになっている。

その途中、たまたま中江藤樹の書院を見つけたので寄ってみた。近江聖人として名高い江戸初期の陽明学者の寺子屋である。掘割にたくさんの錦鯉《にしきごい》がいたのには驚いた。津和野を思い出した。

早速、大枚三十円を叩《はた》いて鯉諸君に鯉のエサを馳走《ちそう》してやったのであった。私はそーゆー人間なのである。もっとも、エサ箱にご自由にお取り下さいと書いてあるのを、一瞬鯉のことかと思ったのではあるが。

当日はどういうわけか長浜近辺の道が混んでいて、着いたのは夕方の五時半ごろであった。小雨の降る夕景に、ポツリポツリと着物姿の妙齢の女性が目立つ。

面目ないが、私は妙齢の女性には目がない。おまけに和服ときた日にゃ、むにゃむにゃモノである。

急遽《きゅうきょ》、「鳥新」の駐車場に車をとめて市内を徘徊《はいかい》することにした。夕食なんて後でよろしい。

「鳥新」の近くのガラス細工のお店で白い浜ちりめんを着こなした美しいお嬢さまを発見した。何か小物を買っておられた。大和ナデシコとは、こういうお人のことをいうのであろう。

「鳥新」のご主人、伊藤家義さんにお聞きすると、きもの大園遊会という催しがあって、全国の十八歳以上の未婚のお嬢さまに着物姿で市内を練り歩いていただくという趣向であったそうな。白い浜ちりめんのお嬢さま、またお会いしたいな。

寝ては夢覚めては現《うつつ》ちりめんの、だれかミミを知らないか。

すうどんを食べつつ
どこに酢があると
大和島根の娘言いにき

大津絵のことを調べに行ってお知り合いになった、滋賀県の某歴史博物館にお勤めのY嬢いわく、

「他館のことは存じあげませんが、当館には時々おかしな人がお見えになられます」うんぬん。

右の話をしたら、

「そら、おまえのこっちゃろ」

と友人の森本君が言ってくれた。持つべきものは友達である。うれしさのあまり、顔がひきつりそうになったのである。

まんざら身に覚えがないこともないだけに、ひきつりすぎて後遺症が残りはしないかと心配である。

そんなことはどうでもよろしい。Y嬢のお話に戻りたいと思う。

「近江の仏像展」という催しものを開催していたときのこと。おばあさんがひとり、いちいち仏像の前で手を合わせてはしきりに口をモゴモゴさせている。仏像展というくらいであるから仏像は一体や二体ではない。何十体もある。そんなことをしていたら日が暮れてしまうと思って見ていたら、案の定日が暮れてしまったまではよかったが、そのおばあさん、Y嬢をつかまえて、

「お賽銭箱《さいせんばこ》はどこにおまんのでっしゃろか」

と聞いたというから恐れ入る。博物館に賽銭箱を置いてどうする。

団体客が大挙押し寄せることがある。場所が場所だけに、大抵はお年寄りのご一行さんである。

こういうときには決まって、迷子のお年寄りが必ずおひとりは出られるものであるらしく、

「すんまへんけど、わての連れ、どこへ行ったか知りまへんか」

てなことをおっしゃられるそうであるが、こんなときは、

「あんたがだれかわからへんのに、お連れがだれかわかるわけないやろ」

と、つい言いたくなるところをグッとこらえるのだそうである。

二階の展示場が何やら騒がしいから様子を見にゆくと、家族連れのお客さんが床に蓆《むしろ》を敷いて、弁当を広げていたということもあったらしい。

ちなみに、館内は飲食厳禁である。よーやる。

そうかと思うと、遠路はるばる訪ねていらしたおじいさんが、ご丁寧なことに自己紹介をして、閉館間際《まぎわ》に、

「いや、本日は眺めのいいところで昼食をとらせていただきありがとうございました」

とあいさつをしてお帰りになられることもあるそうな。たしかにおかしいけれど、ま、いいんではないの。

鮒鮨《ふなずし》を肴《さかな》に地酒飲みおれば
淡海《おうみ》は人の恋しきところ

中の志満《しま》「吉兆」のご主人・湯木喜和さんとは古いなじみである。大阪中之島にあるロイヤルホテルのお店におじゃました折に、

「料理はわんさしです」

と教えていただいたことがある。お椀《わん》、即《すなわ》ち吸い物と刺し身のことである。この二品でお店の格が決まるということであるらしい。

お椀はまだわかるが、刺し身ということになると素人《しろうと》の私にはわからない。さすが玄人《くろうと》さんは違うと感心したことがあった。

味は天下の吉兆だから、いまさら私などが何も言う必要はないのである。

私がこのお店を気に入っている理由はほかにある。

ひとつは一品ものの注文ができることである。

一見《いちげん》さんお断り、メニューはコースもののみというのが一流料亭の通例であるが、それにはわけがある。そのほうが楽だからである。前以《まえもつ》て来客数がわかるから、仕入れに無駄がない。

それはそれで結構なことではあるが、ともすると一日一食で足りてしまうという小食の私には面白くない。懐石のフルコースだなんて、とても食べきれるものではない。

もうひとつは、メニューに鮒鮨があるということである。

私は摂津《せつつ》で生まれ、幼年期を河内《かわち》で過ごし、現在は和泉《いずみ》に住むという、文字通り摂河泉《せつかせん》を渡り歩いた根っからの大阪人ではあるが、どういうわけか鮒鮨が大の好物なのである。

現在はいざ知らず、ひと昔前の近江地方では、これを漬けることができないと、お嫁にゆくことができないといわれていたらしい。

だから、近江の料亭で鮒鮨が出るのは当たり前である。お隣の京都でも珍しくない。

これが大阪ということになると話は別である。出なくて当たり前である。

詳細は略すが、鮒鮨には本漬けと甘露《かんろ》漬けの二種類があって、ふつう鮒鮨といえば本漬けのことをいう。詳しいことをお知りになられたい方は『ふなずしの謎《なぞ》』（サンライズ印刷出版部刊）をごらんいただきたい。

中の志満「吉兆」では甘露漬けを味わうことができる。まさに珍味と呼ぶにふさわしく、いわゆる食わず嫌いの皆様にもお薦めである。

辛抱をする木に花が咲くという
花は咲けども山吹の　嗚呼《ああ》

いつぞや近江長浜でお見かけした浜ちりめんの美しいお嬢さまのことに触れた文末に、

「寝ては夢覚めては現《うつつ》ちりめんの、だれかミミを知らないか」

と書いたら一読者よりおはがきをいただいた。

はがきの下段に、

「お氣に召したか召されぬかちょっと色添へまゐらせ候《そうろう》」

と達筆で書かれてあるその上に、長方形のちりめんの切れ端が貼《は》られてある。

よく見ると、裁ち目のない右辺に矢印があって、

「ちりめんの、ミミ」

と書かれてあったのである。ちりめんの耳の意であるらしい。ミミと耳で、こういうのをミミ寄りな話、という。

実はこの人、Oさんといって、私が毎日新聞に連載を始めたときから毎週欠かさずおはがきを下さる、ありがたいお人なのである。字はもとより絵もお上手で、歌も俳句もかなりのお腕前であるから、只者《ただもの》ではない。ちなみに女性である。今回、そのユーモアがとびきりだったのでおすそ分けさせていただいた。

八方手を尽くして、浜ちりめんのお嬢さまを捜していた矢先だったから、これは効いた。いっぺんに捜す気がなくなった。以《もっ》て瞑《めい》すべし、である。

だれかミミを知らないか、と言ったってアナタ、無理な相談である。なぜなら、長浜市主催のきもの大園遊会には二千人近い全国の十八歳以上の未婚の女性が自由に参加されていたのである。

参加を呼びかける長浜市のキャッチ・フレーズが、恋の花咲くこともある、というものであったというから、何とも粋《いき》ではないか。だったら、あの日、あの時、あの場所で、声をかけなかった私が単に阿呆《あほう》なだけである。さよう、私は単なる阿呆である。

とはいうものの、四十五のオッサンが、おそらく二十代の女性に声をかけるだなんて、気後れしないほうがどうかしている。オッサンは神に見捨てられているのである。

余談だが、JR大正駅の近くにある大正書房さんでは、私が若いころ何度か本を買ったというだけで、拙著『猫とみれんと』を常備して下さっているらしい。神戸のジュンク堂書店さんも然《しか》り。捨てる神ばっかりではないのである。

〈清姫のロマンを電話《はな》し旅は安珍〉NTTの広告なりき

〈娘道成寺《どうじょうじ》〉で著名な和歌山県日高郡川辺町の道成寺の境内に、掲出のNTTの広告があったのは事実である。

数年前のことであるから、今でもあるのかどうかはわからない。有志はお確かめになっていただきたい。〈娘道成寺〉すなわち安珍と清姫の物語はあまりにも有名であるので、ここでは割愛したいと思う。

先日、午前の診察を終えて2DKのわが家に帰ってみると、玄関にNTTの私の担当者広瀬克己氏が立っておられた。何用あってお見えになられたのかはわからないが、玄関での立ち話も何だから、拙宅にお入りいただいた。

広瀬氏いわく、

「実は先生にお願いがありまして」うんぬん。

面目ないが、私は野球音痴である。清原選手がジャイアンツに移籍したということも知らなかったくらいである。

何でも、近鉄バファローズの二軍コーチ、吹石徳一氏の奥様が私のファンであって、拙著『猫とみれんと』にサインをしてもらってくれと頼まれたそうな。

それならお安い御用である。早速、サインをしていたら、

「お礼と言っては何ですが、先生がお喜びになられるようなビデオを持参致しました」

と広瀬氏が言うではないか。ほぉ〜。ビデオとな。

四十面《しじゆうづら》を下げたオッサンが、同じく四十面を下げたオッサンにわざわざ提げてきてくれたビデオとゆーことになると、これはもう、むにゃむにゃモノ以外には考えられないのである。当然そうあるべきであって、そうでなければ失礼である。

広瀬氏がカバンから例のブツを取り出す手先に目が眩《くら》みそうになりそうなのを、ぐっ

ところえてあらぬ方を見て平静を装《よそお》っていたら、

「ハイ、これです」

と目の前の机に期待のブツを置いてくれた。

『猫とおともだち』

というビデオであった。なな、なんじゃこれは。

広瀬氏いわく、吹石さんご夫婦には一恵さんという美しいお嬢様がいらっしゃるとのこと。NTTパーソナルのCMにも出ておられるそうな。

そういう話ならもっと早く言ってもらいたい。で、おいくつかと聞くと中学三年生との由《よし》。聞いて損をした。『猫とおともだち』と大差はないのである。

その一恵お嬢様、拙著『猫とみれんと』を目下、独り占めしてお読み下さっているとか。

まことに光栄の至りであって、作者冥利《みょうり》に尽きるのである。一恵嬢のこと、オジサンも応援致しますぞ。

ちょっとした
あなたの好意それだけで
もうズルズルのナメクジラです

なんべんも言うてすまんが、美少女タレントとして目下売り出し中の、吹石一恵嬢は私のファンである。

私のファンなのである。猫持のファンである。なんべんゆーても一緒やけど。

一恵嬢の写真集『ルートF』(講談社刊)もいただいたのである。もちろん、サインが入っている。キレイなお嬢ちゃんがお好きな男性の読者諸賢、今すぐ書店へ走って一冊お買い求めいただきたい。

私の見るところ、一恵嬢は将来必ず大物になること間違いがないから、買わなきゃ損だよ、プレミアだよ。ウソじゃありゃせん、ホンマじゃやで。

男性諸君には申し訳ないが、私は一恵嬢と直接、電話で話したこともあるのである。ファクスなら二日に一度はやりとりしている。

先日なんか、風邪にもかかわらず、三時間もかけて私のために七宝焼のキーホルダーを作ってくれたのである。ハートの形をしていて、表面には猫の絵が、裏面にはサインがある。

あんたら、ボヤーッと読んでたらあきまへんで。ここが大事なとこだっせ。

花も恥じらう十五の乙女が中年のオッサンである私のために、風邪を押して一所懸命、キーホルダーを作ってくれたのである。

白状すると、四十五年の人生において、こんなん初めてである。別れた女房なんか、あれだけ頼んだのに毛糸のパンツを編んでくれなかったのである。

もっとも、あまり喜んでばかりいると、あとで泣きを見ることになる。何といっても相手は十五歳、一緒にいるだけでお巡りさんに連れて行かれることになる。

ご父君の徳一氏と同い年だからといって、

「父親です」

と下手なウソをついたりすると、かえって話がややこしくなる可能性がある。変なつもりはなくても、オッサンというだけで変態扱いされるのがオチである。

私は阿呆《あほう》ではあるが、変態ではない。分相応ということなら、ちゃんと知っている。この際、にわかに可愛《かわい》い娘ができたとゆーことにしたいと思う。娘なら、フレーフレーの声援を送るよりほかはない。一恵嬢、いつだって、どんなときだって、オジサンは貴嬢の味方でありますぞ。

余談だが、一恵嬢はただいま高校受験のお勉強中で忙しい。が、最近のファクスに、

「先生、今度二人でプリクラ撮りましょう!!」

というのがあったのである。カワイ〜イ。

撮ろ撮ろ。プリクラ。いつ撮ろ、すぐ撮ろ。

金縁のベンツに道を譲られて ポルシェの私抜かねばならぬ

目下、私の生きがいは車である。

嘘《うそ》でもいいから、女性だと言ってみたいところではあるが、きょうびの女性諸君は3Kだとか3高だとか、少しく難しすぎる。そんなことを言われた日にゃ、バツイチのオッサンなんてまるでお呼びでないのであるからやむを得ない。やむを得なければ、即《すなわ》ち仕方がない。

その点、わが愛車ポルポル君は金輪際さようなことは言わないのである。ハンドルを右に回せば右に曲がるのである。ポルポルとはポルシェのことで、フッキーこと吹石一恵嬢が名付けてくれたから、私もそう呼ぶことにした。

虎《とら》の子の貯金を叩《はた》いて買ったのである。おかげでスッカラカンになったけれど、どうせ私ひとりの私なのであるから、どうってことはないのである。金は天下の回り物、ひとりで生きてゆくぶんには何とでもなると、私は一切気にしないことにした。

わがポルポル君はツインターボの４ＷＤ車で、フェラーリのＦ40と競走して勝ったことなら二度ばかりある頼もしい相棒である。

てなことを書くと、その筋から苦情が出て来そうではあるが、言うてすまんが、私は十五年間無事故無違反で大阪府警から表彰を受けているのである。たまたま運がよかっただけかもしれないが、たまたまの好運も十五年続けば、立派な優良ドライバーであると言うよりほかはない。

ポルポル君は構造上、チェーンを装着することができないので、ただいまの季節はチューンアップのためにドック入りしている。

箕面《みのお》の「シェ・ル・ポ」という車屋さんのところにである。くだくだしいから詳細は略すが、近い将来七百馬力を超えるボルボル君に変身する予定である。

自慢であるが、私は運転がうまい。今でもスポンサーさえあればレースに出たいと思っているくらいである。だれかいないかなぁ。

「シェ・ル・ポ」の社長のM君とは古い付き合いである。メカニックのF君、フロントのO君も気のいい連中で、木曜の午後は大抵、「シェ・ル・ポ」に出掛けることにしている。店名はポルシェを逆さにしただけで、芸のないこと甚だしいが、今の私には唯一《ゆいいつ》の憩《いこ》いの場所と言っても過言ではない。有志はお尋ねになっていただきたい。

超ミニのギャルが通れば渋面をせんと思うがどうしてもダメ

前回に引き続き愛車ポルポル君のお話である。

冬期の調整を終えた。何をしたかというと、専門用語で申し訳ないが、ポート研磨とサスペンションの交換である。より速く、かつ安全に走るための調整とお考えいただければありがたい。いわゆる違法改造とはまったく無縁のものであるとご理解下されたい。

箕面の「シェ・ル・ポ」は愛車ポルポル君の主治医である。今回、新たに愛知県豊田市の「I・MEC」が主治医の一人に加わることになった。社長の鶴田昭臣さんは私と同じ昭和二十八年のお生まれである。

ポルポル君は「I・MEC」でのパワー・チェックによると四百二十馬力ということ

であった。ちなみに、欧州車の公称馬力はマイナス十度Cに於《お》けるものを意味する。一度上昇するごとに〇・七馬力低下するという法則が成り立つ。測定当日は三十度Cであったから、実際の馬力は四百二十＋四十×〇・七で四百四十八馬力ということになる。

これで満足する私ではないということは賢明なる読者にはご説明の要はないであろう。ドイツ本国にはポルポル君のチューニングショップが数多く存在する。その中のひとつに、ROOCKレーシングがある。ル・マン等のレースで実績のあるチューナーである。ポルポル君のチューニングキットも販売している。

実は、豊田の「I・MEC」はROOCKレーシングの日本総代理店なのであって、このたび愛車ポルポル君にそのキットを組み込むことが本決まりとなったのである。組み込めばすなわち、五百三十馬力になるという。嬉《うれ》しくてたまらないからご報告させていただくことにした。

日本一速いポルポル君になることは言うまでもない。糅《か》てて加えて八月に鈴鹿《すずか》で開催されるGT選手権にポルポル君が展示されたり、いろんな車の雑誌に登場することになったのである。これは、わが国に於けるROOCKレーシングのキット組み込み車第一号としての当然の名誉である。

私はむかし旧西ドイツに遊学していたから多少のドイツ語なら話すことができる。何でも鈴鹿ではＲＯＯＣＫレーシングのピットに招待してくれるということを聞いた。超ミニのレースクイーンにお目に掛かれることも夢ではない。考えただけで鼻血が出そうである。鶴首《かくしゅ》して待つべし。

面目ないが、かくなる次第にてお楽しみは超ミニ、じゃなかった、新生ポルポル君なのである。

〈きっと君は来ないひとりきりのクリスマス・イブ〉ああ聖《きよ》しこの夜

世はおしなべて核家族の時代である。家に年寄りがいなくなって、めでたくわが国の麗《うるわ》しき慣習も廃《すた》れてしまった。

一方、バツイチにとってはありがたくない習慣もある。クリスマスである。

最近の若い男性諸君は、クリスマス・イブにはとりあえずホテルの一室を予約しておくらしい。何のために予約するのか、バツイチの恵まれないオッサンにはよくわからないが、イエスさまもさぞかしお嘆きであろう。

求めよ、さらば与えられん、という。

なぁるほどねぇ。まことにもって感心な若者が増えて心強い限りではあるが、意味が違うやろ、意味が。

ちなみに、わが家は父方が臨済宗で母方が浄土宗である。キリスト教には関係がない。クリスマス・イブを有意義にご活用の若者諸君だって、まず関係はないであろう。鰯《いわし》の頭も信心からというが、まるで信心がないと、かくのごとき体たらくとなるのである。

聖しこの夜が聞いて呆《あき》れるのである。そこへゆくと私なんか、自慢じゃないが正真正銘の聖しこの夜以外の何物でもないから、今夜はローマ法王にでも会いたい気分である。法王によちよちなとしてもらわないと収まらない。

いやじゃあーりませんか、バツイチのオッサン諸君。クリスマス・イブだなんて。町に出たら若いカップルばかりであるし、かと申して家で一人用のクリスマス・ケーキてなことになると、余計に惨《みじ》めである。

言うてすまんが、バツイチのオッサンだって人間である。おーい、聞いてるか、全国の女性諸君。

信心はないけれど、クリスマス・イブくらい、だれかと一緒にいたいなぁ、ごはんを食べたいなぁ。なんて、言うだけ無駄であるということなら十二分に知っているから、これ以上は言わない。が、クリスチャンでもないのに、都合のよいときだけ勝手に便乗するのはやめていただきたいということだけは言っておきたいと思う。

私はクリスチャンではないが、聖書なら読んだことがあるから言うのである。うたの文句ではないが、天国とはそんなに甘いものではないのである。

仕方がないから、今夜は赤ワインでも飲みながら、クリスマス用のビデオを観《み》て家でおとなしくしていようかと思う。

残念ながら、バツイチのオッサンにとっては、君どころか、だれも来ないクリスマス・イブなのである。

正月も近いが
おせちどうなるの
猫に聞いたらニャーと言いけり

正月がめでたいだなんて、だれが言い出したのかは知らないが、何かの間違いであるのに違いない。

猫と二人暮らしのバツイチのオッサンにとっては、正月はひたすらナミダのちょちょぎれることばっかりで、ハッキリ言って迷惑の一語に尽きる。

第一に、おせちはどうなるの。百貨店から買ってもよいが、吉兆、なだ万、花外楼、萬亀楼と言われてもアナタ、ちょっと手が出ないのである。洋風や中華風のおせちなら安いが、私はこう見えても古風な人間であるから、おせちは和風に限るのである。

私は小食ではあるが、好き嫌いならない。何でも食べる。何でも食べるが小食だから食べ物にはうるさいのである。大食いボンこと、クラヤ薬品の富村典生君のように、焼き肉十人前に大メシを二杯、生ビールを大ジョッキに五杯飲んで、まだ腹八分目という男なら何だってよいだろうが、私の場合はそれでは困る。朝食は抜きで、昼は食べてもせいぜいうどんであるから、夕食にはこだわりたいのである。

私の通帳が赤字なのは毎週土日のドライブに要する費用と夕食がぜいたくなためである。一人で食べるのは嫌だから、必ずだれかを連れてゆく。

なるべく新規のお店を開拓しようと心掛けてはいるが、好みがうるさいから、どうしてもワンパターンになりがちである。

近江《おうみ》なら坂本の「鶴喜そば」、長浜の「鳥新」に「彦根プリンスホテル」。紀州なら白浜の「銀ちろ」。伊勢志摩なら鳥羽の「さざ波」、「志摩観光ホテル」に「和田金」。京都なら「晦庵河道屋《みそかあん》」、すっぽんの「大市」その他諸々《もろもろ》。大阪なら「美々卯《みみう》」、「すし萬」、「幸ずし」、「与太呂」、「おもろ」、「五味八珍」、「とんかつ一番」。神戸なら焼き肉の「味楽園」ときりがないからやめるが、赤字になる事情なら十分におわかりいただけたかと思う。

どちらかというと私は和食党である。大阪の食い倒れ、京の着倒れ、美濃の系図倒れというが、大阪の場合は八百八橋の杭《くい》倒れという説もある。食べ物に関しては京都だと私は思っている。

それはともかくとして、本年ももういくつ寝ればお正月、てなことになっているのである。凧《たこ》を揚げたり独楽《こま》を回したりする齢《とし》ではないから、問題はおせちということになる。私が作れるわけじゃなし、にゃん吉に聞いてもニャーと言うだけで、まるで埒《らち》が明かないのである。

かと申して、だれかが作ってくれるわけでなし、ホント、おせちどうなるの。

愛情がこもっていると言われたが食べたらただのチョコレートなり

二月十四日は知る人は知る、知らない人は知らない聖バレンタイン・デーであった。知らない人とは縁のない人のことである。

てなことを書くと、

「そら、おまえのこっちゃろ」

と読者諸賢はお思いであろう。そうであろう。す、すまんのう〜。期待を裏切ったりしちゃって。労働者諸君、じゃなかった男性諸君。ほんま、すまんのう〜。

お菓子屋のできるほどにも愛のチョコ
という私の句がある。そこまでとは言わないが、今年はこじゃんとチョーダイしてしまったのである。

白衣の天使諸君の一人、ウサギ嬢もくれた。言い方を変えるとウサギ嬢しかくれんかった。元女房もくれた。ここまではよろしい。単なる義理チョコである。

四十五歳のバツイチのオッサンに義理ではない査古律《チョコレート》があるのかというと、オドロキモモノキサンショノキ、あるんだな、これが。

チョコレートばかりではありません。か、、、カツブシにもみじ饅頭《まんじゅう》、手編みの座布団《ざぶとん》カバーに包まれた座布団。もっとも、これらはうちのにゃん吉に送られたものであって、私には関係がない。

「な〜んや、そんなことやろと思た」

なんて早合点はいけません。言うてすまんが、手編みのセーターをもらったのである。

だれかということは言えないが、そのネーチャンに、

「今、お金ないからホワイト・デーのお返しはできんれっしゅ」と言ったら、「むにゃむにゃで払てくれはったらええよし」と言われたのである。

ドキッ。セ、セクハラじゃーと思いつつも、何となく嬉しくないこともないから、われながら情けない。払うか払わないかは別の話として、ただいまそのセーターは愛用中である。

チョコレートで面白かったのは、「バレンタイン内服チョコ」といって薬袋の形式をとっているものであった。

(成分)ビタミン愛100％(効能)愛情不振・愛情減退・愛情に対する鈍感などの諸症状の緩和、とある。

裏面の使用上の注意が奮っている。

「他の婦女子からのほれ薬とは同時に服用」するなとか、「なかなか効果があらわれない時には私にご相談ください。別の方法を考えます」とか書かれているのである。

厚意謝するに余りあり。嬉しいような怖《おそろ》しいような。さりながら体は一つ。この応対をいかんせん。

先生のおかげでボクは鼻高し　もともと高い鼻でしたけど

過日、京都宝ケ池プリンスホテルで催された、「多田道太郎の今」の会に招かれたので行った。お友だちということで招待されたのである。

先生は京都大学名誉教授で、仏文をもって知られるわが国の碩学《せきがく》である。この度、その功績が認められて、京都市の文化功労者となられたことをお祝いする会であった。

私の親戚《しんせき》に同じく京大の仏文の教授がいたということがわかって、先生にお尋ねしたことがあった。仏文《ふつぶん》と言うべきところを、ブツブンと発音して、

「仏教文学とちゃいまっせ」

と言われたことがある。

余談だが、私は自分にとって都合のよろしくないもの、たとえば小学校の通知簿などは手の届かない棚の上に置くことにしている。これを、自分の欠点は棚に上げる、という。

そこへゆくと、先生なんか左様なミミッチイこととは無縁のお人である。

スピーチにていわく、

「ボク、奈良女子大の教授やったときに今の嫁はん拾いましてん」

現在の奥様は当時は女子大生で教室の中に落ちておられたらしい。

私も奈良女子大の教授になりたいと思う。

先生、スピーチの前に秘書のI嬢に、

「何分喋《しやべ》んのん？　え、十分。そないに喋ることあらへんわ。難儀やなあ」

てなことを仰有《おつしや》っておられたが、結局三十分近くお話しになられたのであった。

偉い人は違うのである。

泰然自若というか何というか、ミミッチイこととは無縁なのである。

先生の師は「俳句第二芸術論」で著名な故桑原武夫《くわばらたけお》氏である。桑原氏、講演の席で、それは女性蔑視《べっし》ではないかと一女性に詰め寄られたことがあった。

答えていわく、「そんなことおまっかいな。ボクは男でも女でもアホは嫌いやねん」

うんぬん。

やっぱり偉い人は違うのである。

道太郎先生の方は俳句がお好きで俳号を道草《みちくさ》という。辻征夫《つじゆきお》（今は故人）さんを初めとする詩人の句会のために上京されることがある。たまたま帰宅後にお電話したことがあった。奥様がお出になられて、

「句会の成績が悪かったんか、うどん食て寝てますわ」

ミミッチイこととは無縁のお人なのである。

赤い糸
もつれもつれてプッチンと
どこかで切れているんでねーの

読者諸賢に年頭のご挨拶《あいさつ》を申しあげるのを忘れていた。文士としてあるまじきことである。小正月にはまだ間に合うので、謹んで申しあげる。

皆様、あけましておめでとうございます。本年もよき年でありますように。

てなことを私が言ってもおよそ似合わないが、正月であるからやむを得ない。やむを得なければ仕方がない。

物はついでであるから、本年の抱負を申し述べたいと思う。

私は女性に小言を言われるのが生き甲斐《がい》であるとはなんべんも書いた。年のせいか、最近ド忘れすることが多くなったとは初めて書く。

先日のことであった。たまたま通りがかったスーパーの店先に季節外れの西瓜《すいか》を見つけたので、つい買ってしまった。車の助手席に積んで帰ろうとした途端、

「何のために？　だれのために？」

という疑問が湧《わ》いてきた。

女房と別れたことを忘れていたのである。家にこの西瓜を持って帰って、

「も〜、またそんなん買うてからに」

と言われたいから買ったのに、肝心の女房がいないことをド忘れしていたのであるから世話はない。これを、バカ丸出し、という。

いつぞや、「花は咲けども山吹の」という拙歌を新聞に書いたら、なんで山吹やないとあかんねん、という読者からのお問い合わせがあったらしい。文責なら私にある。掲載を認めた連載の担当者にも毎日新聞にもない。

遅ればせながらご説明申しあげると、これは道灌太田《どうかんおおた》資長《すけなが》の故事に拠《よ》る。道灌が鷹狩《たか》り中、俄雨《にわかあめ》に遭った。近くの茅屋《ぼうおく》の戸を叩《たた》いて蓑《みの》を貸してくれと言ったら、娘が出てきて山吹の一枝を差し出したのである。

「七重八重花は咲けども山吹のみの一つだになきぞ悲しき」という古歌にちなんだ機智《きち》であった。実のと蓑を掛けたのである。後になって気づいた道灌が大いに恥じたというお話であるから、山吹でなければならないのである。

とゆーよーなわけで、本年の抱負は、花も実もあるお話に尽きるのではあるが、よく考えてみると、ここ六年ばかり、ちっとも進歩していないのである。

過去六年の長きにわたってダメであったものが、今年になって俄然《がぜん》むにゃむにゃのむにゃになるとは思えないのではあるが、それでも諦《あきら》めないところが私の長所であると思っている。

単に往生際が悪いという意見もあるが、ナニ、みの一つだけあればよいのである。

お手紙を書けど無視され
わが恋はやっぱり
遠い日の花火なり

歳月人を待たず、という。あけて悔しき玉手箱ともいう。まだまだ再婚できると高をくくっていたら、太郎はたちまちお爺《じい》さんになって、

「ど、どないしてくれんねんっ」

というところで目が覚めた。私の初夢である。

縁起でもない初夢を見たものである。

平生《へいぜい》は平静を装《よそお》ってはいても、内心穏やかならざるものがあるらしい。私のことである。

人間、だれしも悩みの一つぐらいはあって然《しか》るべきものである。アラブの石油王のぼ

んぼんにだって、インドのマハラジャのこいさんにだって何がしかの悩みがあるのに違いない。

もっとも、われわれがごとき赤貧チルドレンのそれとは大いに異なるものであろうことは想像に難くない。一例を挙げると、

「なんでうちの家にはこないに仰山《ぎょうさん》お金があんねんやろ」

てな具合である。

そこへゆくと、私の悩みなんぞは小さいことこの上もなく、たとえればシラミのキ○タ○以下の代物であって、この程度のことに思い煩《わずら》っていたのでは、とてものこと大きなものになれる気遣いはないのである。

今更《いまさら》大きなものになれなくたって、どうってことはないが、やっぱり再婚はしたいと思う。

万が一再婚できなかったら、私は近い将来天涯孤独の身の上である。もともと兄弟はいないから、親と猫のにゃん吉がいなくなれば、どうなるのだろう。

考えたくはないが、遠からず、その日はやってくるだろう。さびしんぼうで甘えん坊

のこの私にである。おまけに甲斐性なしのガシンタレときた日にゃ、野垂れ死にするよりほかはないのである。

私は一応医者の端くれであるから、死ぬのはちーっとも恐ろしくないが、ひとりぼっちになるのだけはご免蒙《めんこうむ》りたい。なんでんかんでん嫌である。どうして嫌なのかというと、嫌だから嫌、なのである。

耐え難きを耐え、忍び難きを忍ぶことにも、いささか飽きてきた。本年あるいは来年中に何とかしなければ、おそらく永久に長蛇《ちょうだ》を逸《いっ》することになるのではないかと思う。かと申して胸に秘策のあるわけでなし、パンツはここ三日穿《は》き替えてないし、ほんまど、どないしてくれんねんっ。

南無《なむ》八幡大菩薩《はちまんだいぼさつ》、かわいそーなオッサンを守らせ給《たま》え、と言ったってアナタ、八幡大菩薩だってお忙しいのである。苦しい時の神頼みなんか、いちいち聞いてはいられないのである。

黒髪を胸まで垂らし帯垂らし
君が浴衣《ゆかた》の花匂《にお》い立ち

いつぞや、寝ては夢覚めては現《うつつ》ちりめんの、だれかミミを知らないか、と書いたことがあった。

先日、久しぶりに鮒鮨《ふなずし》とうな重が食べたくなって、近江は長浜おたびの「鳥新」へ行ってきた。

鰻《うなぎ》まつ間をいく崩れ雲の峰　子規

てなわけでもないが、電話で注文だけしておいて大手門通りをぶらぶらすることにした。あるお店で鈴虫の声の出るおもちゃに聞き惚《ほ》れていて、卒然と思い出したことがある。一年前にこのお店でお見掛けした浜ちりめんのキレイなネーチャン、じゃなかった、美しいお嬢さまのことを思い出したのである。

万緑叢中紅一点《ばんりよくそうちゆうこういつてん》、齢《とし》のころなら二十二歳前後、梨花一枝《りかいつし》春、雨を帯ぶるの風情《ふぜい》ありき。

余談だが、万緑叢中紅一点というと、現在では男の中に女が一人という意味であるが、昔は目立つことをいった。この場合の紅一点とは柘榴《ざくろ》のことである。王安石《おうあんせき》の詩の中の言葉なり。

「そんなこともありましたなあ」

と「鳥新」のお姐《ねえ》さんに笑われたついでに、今年の「きもの大園遊会」はいつかと尋《き》いてみた。来《きた》る十月十一日の日曜日ということであった。

「センセ、また来はりますか」

と言われたが、笑ってごまかしておいた。深い意味はない。笑ってごまかすよりほかはなかったから笑ってごまかしただけのことである。そんなことより、鮒鮨がうまい、うな重がうまい。タレなんか絶品なり。

言うてすまんが、私は何かと忙しい。キョーミがないわけではないが、ただいまはちりめんのミミ嬢どころの話ではないのである。

第一、あれだけの器量のお嬢さまが今まで無事であるはずがない。いつまでもあると思うな親と金とちりめんのミミ、である。

私はともかくとして、長浜市主催の「きもの大園遊会」は全国の妙齢かつ未婚の女性が大挙して参加する催しなり。長浜市の粋《いき》な計らいというか何というか、一種の公開のお見合いの場であると言ってもよろしい。全国の縁遠い、と言って悪ければ出会いのない男子諸君、千載一遇の好機とはまさにこのことなり。各員一層奮励努力せよ。

念のために言っておくが、単なる助平諸君ではなく、くれぐれもマジメな交際を望む男子諸君にご参加願いたい。

首尾上々のカップル諸君は「鳥新」でうな重でも如何《いかが》。長浜は歴史のある街である。夕食は風格のあるお店が相応《ふさわ》しい。

にゃん吉よ
おまえが死ねばボク独り
なんでんかんでん死なねでけろ

一女性読者より、にゃん吉のことを書いてくれと言われたので書く。言うてすまんが、私は女性には甘いのである。どのくらい甘いかというと、逃げた女房に因《ちな》んで言わせていただくと、まあ皆さん聞いて下さい、筆舌に尽くし難いくらい甘いのである。

と書いただけでは、おわかりにならない読者諸賢もおられることとは思うが、なにぶん先を急ぐ。今回はにゃん吉の話である。

ごく最近のことである。日曜日、いつものごとくドライブから帰ったら、にゃん吉の様子がおかしいのに気がついた。私の書斎の床にうんちをしていたのである。トイレ以外の場所で粗相をしたのは初めてのことではあったが、お留守番の腹いせかと思って笑って済ませた。大きな声で鳴くのも同様だろうと思った。

風呂《ふろ》から上がって驚いた。蒲団《ふとん》の上でへたばっているから、よちよちしに行ったら、蒲団が水っぽいではないか。ションベンばちびっていたのである。

慌《あわ》てて顔を覗《のぞ》き込むと、洟《はなみず》とヨダレを垂れ流しながら呼吸困難に陥って今にも絳切《ことき》れそうな状態だったのである。即《すなわ》ち、目がトロンとなって頭をのけぞらせていたのであった。

阿呆《あほう》なことでは人後に落ちない私も、事ここに至っては、さすがに異変に気づかざるを得なかったのである。ドライブに出掛ける前は元気に走っていたこの猫が、にわかにハタと倒れたのである。

軍律キビシき中なれど、これが見捨てておかりょうか。

しっかりせよと抱き起こしたのは言うまでもない。

私は人間の医者である。猫の病気ならちんぷんかんぷんではあるが、そんなことを言っている場合ではない。二十年共に暮らした戦友が目の前で死にかけているのである。

風呂から上がった直後のことだから、パッチを穿《は》いたままではあったが、病院まで注射を取りに走ったのである。これを、必死のパッチ、という。

こうなったら病院なんかどーでもよろしい。目の前の猫が大事なり。三日と三晩仕事を放ったらかしにして、にゃん吉の看病に是《これ》努めたのである。猫も飼い主も殆《ほと》んど不眠であった。

三日目の朝であった。それまで飲まず食わずだったにゃん吉が水を飲み、カ、ツ、ブ、シ、を食べてくれたのである。何が何やらわからないが、一時は絶望的だった猫が生き返ってくれたのである。こんな嬉《うれ》しいことはない。気のせいか、以前にも増して元気なようで、本年は幸先《さいさき》がよいのである。

うた ア・ラ・カ・ル・ト

猫持は浮気とばかり思われて
男開店休業中なり

身から出た
サビが翼にこびりつき
神さま僕はもう飛べません

われ死なば猫と一緒に葬《ほうむ》れと
目下のところ頼む人なし

あの頃の
さみしい僕が
ネクタイを締めているだけ同窓会に

ぼろぼろの四十男をつかまえて
道を説くのはもうやめておけ

無趣味なるものではあるが
銭湯のタイルの富士よ
にっぽんの風呂

人妻に花と見えしは
棘《とげ》なりき
特に好みて純情を刺す

本日もフラれタバコの火が落ちて
パンツが火事の猫持である

キス一歩手前でいつも天の声
「おまえの運もそこまでやがな」

幻を見てるのだろう
テレビには美人ばっかり
あんたがたどこさ

パソコンを買ったよ
インターネットだよ
スケベサイトにアクセスしたよ
いやじゃあーりませんか
チョンガーはパンツ脱いでも
することがない

ミポリンが「誰かいい人いませんか」
ボクに言ってる　CMだけど
軽さだけやたら強調されるけど
そう簡単に軽くはなれぬ

中年を定義しようか
さみしくも
自ら恋を諦《あきら》めるころ

あの夏の
君のうなじの汐《しお》の香を
海よわたしは忘れられずに

「青い影」君と聴いてた比叡山《ひえいざん》
ホテルのプール風吹く夕べ

K子T子M子にS子
過去形で思い出してる
あきらめの夏

小雨降る飛田新地の一軒に
濡《ぬ》れて飛び込む野良猫の俺

結婚に求むるなかれ真実を
愛はそこにはいないいないバア

あわれあわれ
時は移れど思い出は
不便な頃の日々にとどまる

はるかにも
来たりしものか少年よ
忘るるなかれ花咲く春を

にゃんとなくダメなお二人

童貞の猫とバツイチ飼い主に悶々《もんもん》ゼミが鳴いている夏

女抱く夢を見ていた横に寝るネコだきしめて鼻咬《か》まれけり

日曜が降ろが晴れよがオッサンとネコのお二人どうでもよろし

「顔でかい猫やねシッポ短かいし」
人の嫌がること言うニャー

飼い主はグラビアの美女眺めてる
膝《ひざ》のにゃんこを撫《な》でさすりつつ

にゃん吉よ今日も電話は鳴らんニャー
不実な女ばっかりだニャー

にゃん吉よ見てみ小蠅《こばえ》がつるんどる
飛びながらやどキンチョール貸せ

ふてくされネーチャンらとは大違い
うちのにゃん吉呼べばすぐ来る

朝六時枕上《まくらがみ》にて愛猫がゲロ吐く気配
拙者の顔に

飼い主も面目ないがおまえかて
タマとミケ子にフラれたやんけ

パソコンのゲームに夢中
ボクとにゃん吉〈唯《ゆい》ちゃん〉が好き

男ごころは男でなけりゃ
わからぬことがあるよな　猫よ

言の葉のまるで通じぬ仲だから
オッサンとネコ　愛こそはすべて

手も足もちゃんとあるのに口だけで
物食う猫の可愛《かわ》ゆてならぬ

天国の扉を叩《たた》くわたくしの横には神よ
わたしの猫を

猫としれんと

男なら
たれか女房を恋いざらむ
おまえいなくてさみしゅうてならぬ

某月某日深夜。いつものようにへべレケになっていたら電話が鳴った。別れた女房からであった。

「何してたん？」

「べ、別に何もしとらんかったのれっしゅ」

「そう。わたしな、再婚するねん」

わが身世にふるながめせし間に、かくのごとき体たらくとは成りにけり。百年の恋も酔いも何もかも、いっぺんに醒《さ》めてしまったのであった。

私は猫とみれんの男である。別れた女房のことを憎いと思ったことなら一度もない。

拙著『猫とみれんと』をお読みいただければ、そのことは十二分にご理解いただけるはずである。

別れるだなんて夢のまた夢であったころ、万が一別れることがあっても、お互いの悪口を言うのだけはやめようと、私は冗談で女房に約束したことがあった。

たとえ冗談でも、口にしてはいけないことがあったのだと今ごろになって気付いても、既にして後の祭りである。思えば私の人生、こんなのばっかり。次の歌集は『猫としれんと』にしたいと思う。

「辛酸《しんさん》また佳境《かきょう》に入《い》る」と言ったのは田中正造であったが、ナニ、私だって同じようなものである。

バツイチになってからこの方、女性にふられてばっかりだということならなんべんも書いた。こんな苦労をするくらいなら、別れた女房とよりを戻そうかと思っていた矢先のことであったから、これは応《こた》えた。

実を言うと、別れた女房と私の間には男の子が一人いる。私だって親である。これが不憫《ふびん》に思わずにいらりょうか。

さはさりながら、私はかつて女房と子供が去ってゆくのを黙って見ていた男である。そんな男に、今さら何を言うべきことがあろうか。何も言う資格はないのである。慚愧《ざんき》の念に耐えないのである。

本文が毎日新聞に掲載されるころには、元家内はめでたく再婚していることであろう。彼女の決心を鈍らせてはいけないと思ったから、私は今まで書かずにいたのではあるが、そろそろ頃合《ころあい》かと思ったので書くことにした。

残念でもあり無念でもあるが、武士は食わねど高楊枝《たかようじ》、ここはひとつ元家内の首途《かどで》を祝うことにしたいと思う。せめてもの餞《はなむけ》であるとお考えいただきたい。

私は、うたの前は俳句をやっていた。とりあえず、元家内に餞別《せんべつ》の句を贈りたいと思う。

生き別れ死に別れして桜かな　猫持

〈身を尽し〉の鐘の鳴りたるよき御世《みよ》の
さてさて遠くなりにけるかな

寒さ一段と厳しき折なれど、暦《こよみ》の上ではすでに春である。だから、どこか遠くへ行きたいと私が思うのは、風誘う花のせいばかりではない。

年々歳々人同じからず。大阪の町にもいささか飽いてきたのである。

私が子供のころ、すなわち昭和三十年代はよき時代であった。午後十時になると澪標《みおつくし》の鐘が鳴った。澪標とは船に水路を知らせるために立てた杭《くい》のことである。


君恋ふる涙のとこにみちぬればみをつくしとぞ我はなりける

と古今集にあるように、身を尽くしに掛けたのである。住之江あたりで鳴っていたのではなかったかと思う。当時は、よい子がお家《うち》に帰る合図でもあった。どこだったかは忘れたが、地方を車で走っていて、これに似た鐘を夕方の五時ごろに聞いたことがある。

陳腐な表現で面目ないが、その鐘の音に、走馬灯のごとく私の胸中を駆け巡る思いがあった。

降る雪や明治は遠くなりにけり

と詠《よ》んだのは草田男《くさたお》であったが、降る雪に遠くなったのは明治だけではないのである。

私があちこちにドライブに出掛けるのは、車が好きであるというためだけではない。失われて久しい大阪の風情《ふぜい》をよその土地に求める旅でもあるのである。

私は生粋《きっすい》の関西人であるから、東には足が向きにくい。どうしても、そのまんま西ということになりがちなのはやむを得ない。やむを得なければ仕方がない。

どこか遠くへ行きたいといっても、行って帰ってくるのは面倒であるから、行きっ放しにしたいと思う。移り住むのである。大阪を離れるのである。ひとたび去って再び帰らない話をしている。

まだまだ調査段階の域を出ないが、候補地なら二カ所ばかりある。備中高梁《びっちゅうたかはし》と備後尾道《びんごおのみち》である。岡山と広島の町であるが、いずれも古きよき時代のわが国の情緒あふれる町で、移り住むのに何の不足もないと私は考えている。

どちらかというと尾道のほうがよい。高速道路のインターチェンジに近く、九州へ足を伸ばしやすいからである。私の大好きな映画、いわゆる「尾道三部作」(大林宣彦監督作品)を生んだ土地柄でもあるから申し分ない。白秋のふるさと、筑後柳川《ちくごやながわ》へも、ここに住めば日帰りで行けないこともないというのも魅力である。

柳川の料亭「お花」の料理も忘れることのできないものである。大阪で生まれた男ではあるが、大阪を去りたいと思うのである。

抽斗《ひきだし》に乃木《のぎ》大将のブロマイド蔵せし人のなつかしきかな

私の祖母は明治三十一年の生まれで名をフジといった。昭和五十九年の敬老の日まで生きた。享年八十六であった。

二〇三高地なんて女性の髪形が流行していた時代の人である。

私はおばあちゃんっ子の一人っ子で甘えん坊のさびしんぼうである。だから、子供のころの思い出にはいつでも祖母がいる。

旅順開城約成りしのちの乃木大将のブロマイドを抽斗に大切に蔵《しま》っていたのは、この祖母である。最近になって気が付いたことであるが、ブロマイドというのは正しくない。正式にはガラス絵というものであったらしい。合わせガラスの中に大将乃木希典《まれすけ》の肖像を閉じ込めたものであった。

祖母はときどき、桐《きり》の簞笥《たんす》の抽斗の中からそれを取り出しては押し戴《いただ》いていた。同時に私にも見せてくれたのである。昭和三十年代のことであった。

生まれて初めて見るガラス絵と乃木大将に子供であった私の胸はときめいた。一文菓子《いちもんがし》屋で日光写真を見つけたときの驚きに匹敵するものであった。

人にはそれぞれ、思い出の帰ってゆく場所がある。私の場合は昭和三十年代の大阪以外にはあり得ない。

〈金魚玉天神祭映りそむ〉という後藤夜半翁《やはんおう》の句そのままの時代であった。実際に金魚玉を軒に吊《つる》している家も珍しくはなかったのである。金魚玉とは吊し用の金魚鉢のことである。

ハエとり器にハエとり紙というのもあった。数えあげればキリがないが、世の中便利になったがために失われていったものの多さを思うとき、私は愕然《がくぜん》とせずにはいられないのである。祖母が生きていれば同じことを言うだろう。

私にとって昭和三十年代が忘れ得ぬ時代であるのと同様に、祖母にとっては明治末年がそうであったのに違いない。今にして思えば、あのガラス絵は単なるガラス絵ではなかったのである。

人は、過去の人物や時代を悪く言うことで自分が偉くなると錯覚することがある。小説でも映画でも乃木大将はあまりいいように描かれてはいない。あとになっていろいろ言うのは手軽なことである。私は好きではない。

「此《こ》の方面の戦闘に二子を失ひ給《たま》ひつる閣下の心如何《いか》にぞ」と、敵将ステッセルも言っている。少なくとも祖母にとっては乃木希典は愛惜《あいせき》措《お》く能《あた》わざる人であった。私は明治を知っている。昭和五十九年、祖母の死と共に私の明治も終わった。去年のことのように思う。

ガラス絵も祖母も、今はない。

傘提げて駅で待っててくれた祖母
いまはあの世で俺はずぶ濡《ぬ》れ

私の曾《そう》祖母は奈良は油坂の素封家《そほうか》・村田善四郎の長女であった。村田の家は金物問屋であったという。

祖父が書き遺《のこ》した過去帳によると、村田善四郎は明治十七年十二月五日に四十二歳で亡《な》くなっている。ちなみに祖父の姓は東《あずま》という。母方の先祖の話をしている。

曾祖母は大阪は天満《てんま》の八軒家《はちけんや》の茶商に嫁いで中川姓となる。過去帳には村田、中川のほかに、小嶋、松井、帯谷、酒井、伊藤の姓が見られるが、曾祖母も祖母も祖父も既にこの世の人ではないから確かめる方法はない。

最も古い記載は「文化六巳年八月十二日亡 行年五十八歳 紅譽乘蓮禪定門 中川茂

左衛門之父也」とある。式亭三馬の『浮世風呂《うきよぶろ》』が刊行された年である。一八〇九年のことであった。生まれたのは五十八年遡《さかのぼ》って宝暦元年ということになる。八代将軍徳川吉宗が亡くなった年である。

今を去ること、たったの二百四十七年。さっぱりわからないんだな、これが。

おおきいおばあちゃん（曾祖母のこと）が自慢していた話のひとつに家紋の由来がある。

上の家紋がそれである。たぶん、中川の家のことであろうとは思うが、茶を商う前は侍であったらしく、何でも武勲を立てたがために淀《よど》の殿様から件《くだん》の家紋を頂《ちょう》戴《だい》したというのが、事の顚末《てんまつ》であるらしい。当時の身分はお馬廻《うままわ》り二百石扶持《ぶち》であったという。

亡祖母の話によると、金糸のつづれ織りの袱紗《ふくさ》にこの紋のあるものがあったという。大阪は下寺町の浄土宗・光傳寺《こうでんじ》にある中川家の墓石にはこの紋が刻まれている。このお寺は享保《きょうほう》のころの狂歌師鯛屋貞柳《たいやていりゅう》のお墓があるところとしても有名である。いずれは私が眠るところでもあると考えると、面白くないこともない。

一口に淀の殿様といってもいつごろの殿様なのかということはまるでわからない。あるいは『武鑑』を調べれば判明するのかもしれないが、図書館に出向くのは面倒である。母方はまだよろしい。父方の先祖ということになると、過去帳を遺した人があるわけでなし、尚《なお》のことわからない。山岡荘八の『徳川家康』に出てくる寒川右京太夫《だゆう》なる人物が先祖だということがわかっているくらいである。『徳川家康』によると右京太夫は徳川方に与《くみ》して豊臣方の後方攪乱《こうほうかくらん》に功があったというから雑賀《さいか》鉄砲衆の一族であったのかもしれない。

梅雨最中《さなか》。光傳寺にある先祖の墓にふる雨を私は大和にあって思うのである。

目つむれば
今も鳴るなり市場ゆく
祖母の財布の小さき鈴よ

小学校低学年のころであったと思う。実家の建て替えだったか何だったかは忘れたが、祖母と二人で大阪は寝屋川の借家に住んでいたことがあった。京阪《けいはん》電車の寝屋川市駅を降りて商店街を抜けたところにその平屋はあった。家の周囲は一面の田んぼであったと記憶する。

商店街の鶏肉《かしわ》屋さんで玉ヒモを買って甘辛く煮るのが祖母の得意料理でもあり、私の大好物でもあった。

今でもあるだろうか。あの鶏肉屋さん。

近所にガキ大将がいた。女の子であった。小学校高学年の背の高い女の子で、最初は遊んでくれなかったが、私が甘えるものだから、ついには子分にしてくれた。ザリガニを採ったりして仲良く遊んだものであった。なにぶん昔のことであるから確証はないが、あの女の子は和田アキ子さんだったのではないかと思うことがある。

和田アキ子さんはともかく、桑名正博さんなら間違いなく大阪市生野区にある愛和勝山幼稚園の同級生である。別のクラスではあったがアルバムを見てわかった。

大阪は箕面《みのお》の某引っ越し屋さんの女性社員と電話で話したことがあった。岡村さんという面白い人で、破格の値段で引き受けてくれた。タダ同然の価格であった。それが災いしたのであろうか、岡村さんは間もなく退職されたらしい。

後で知ったことだが、彼女はナインティナインというお笑いコンビのひとりである岡村隆史さんの妹さんであった。道理で面白かったわけである。ちなみに私はナインティナインのファンである。

合縁奇縁《あいえんきえん》とはいうが、前述の諸君とは袖《そで》すり合うも他生《たしよう》の縁程度のものであって、何のつながりもない。

十年ばかり以前のことであったろうか。私のところに妙齢の女性が訪ねてきたことがあった。

「私のこと、覚えてますか」

という。

何でも小さいころ一緒に、でんでんでんぐり返ってバイのバイのバイをして遊んだことがあるという。咄嗟《とっさ》のことでもあったので、私は思い出すことができず、その女性を帰してしまったのであった。

その子が帰って暫《しばら》くして思い出した。たしかにそんなことがあった。白粉花《おしろいばな》の匂《にお》う夕暮れに浴衣《ゆかた》の女の子、それが彼女であった。

しまった、と思っても時既に遅し。

私は彼女の名前も住所も聞くことすら失念していたのであった。

心ないことをした。また訪ねてくれないだろうか。

へそのゴマ
いじりだしたら止まらない
それは昨夜で今朝は痛いよ

へそのゴマをいじっていて思い出したことがある。

去る平成十年四月十一日で私は四十五歳になった。四十五年前の昭和二十八年の四月十一日大阪は池田市室町の何番地だったかは忘れたが、何とかいう産婦人科（これも忘れた）で私は生まれたのである。

最近ド忘れがひどい。室町何番地の○△産婦人科ということを母から聞いてメモした紙をどこに置いたのかということすら覚えていない。

七昼夜にわたる難産の末、予定日より一カ月早く世に出たということなら覚えている。母子共に疲労困憊《こんぱい》して、生まれたときは呱々《ここ》の声すらあげなかったという。私のことである、四肢《しし》を踏ん張って意地でも生まれまいとしていたのであろう。その程度のことはやりかねない。

あまりの難産に医者は私を殺そうかと一度は思ったらしい。

生れたからして 始めてこんなものがあるのだ
生れなかったら こんなものはないのだ

うんぬんと高橋新吉はその詩に書いている。

胎内での一カ月はこの世での十年に相当するのではないかと私は考えている。おかげで私はいろんな面で人より遅れている。

同年同月同日、同じく○△産婦人科でのお話。

へとへとの母と私が横たわる一室に、

「え、えらいこっちゃ」と祖母が飛んできた。

「どないしたん？」と母が尋ねると、

「こ、子供が産まれたんや」という。

場所柄、子供が産まれるのは当然である。あほかいなと思いつつも聞き直してみると、流し場にいた隣の女性がゴツンという音と共に、何の前触れもなく板の間に子供を産み落としたということであった。

何でも出産のために入院している妹の世話をしに来ていたとかで、家族はもとより当の本人も妊娠していたということを知らなかったというから恐れ入る。

これを墜落産、という。予想外の出来事であったから産着《うぶぎ》の用意のあるはずもない。仕方がないから私の産着を貸してあげたらしい。

だから私には産着兄弟がいるということになる。玉のような男子であったという。豪傑に違いない。会ってみたいと思う。

御先祖様
猫持も年取り候《そうろう》
近ごろなぜかすぐ酔いまする

訳あって、柄にもなく最近は新聞に目を通すことが多くなった。ご承知のごとく明るいニュースは稀《まれ》である。中でも、かの大地震後の仮設住宅内での孤独死という記事に目が止まった。

孤独死とはだれにも看取《みと》られることなく、文字通り独りで死んでゆくことをいう。圧倒的に男性が多いという。最たる原因は酒の飲みすぎと栄養失調であるらしい。

心よりご同情申し上げる。なぜなら私は孤独を知っている。

孤独とは話すべき相手のいないことである。仮設住宅という特殊な状況下における孤独すら顧みられないのに、一見フツーに暮らしている私の孤独など、暇を持て余しているカラス諸君だって気にはしてくれないのである。

それでも孤独は存在するのであるからやむを得ない。やむを得なければ仕方がない。話し相手すらいないひとりぼっちの夜。酒を飲むこと以外にすることがあればお教えいただきたい。

一昔前ならば、家事のできない男は男の中の男であった。それが今日では通用しなくなってきている。

さりながら、世の中には依然として一昔前の男が蟠踞《ばんきよ》している。かくいう私がそうである。

端的に申し上げると、女性がいなければ何もできはしないのである。食事だって一日一食がいいところで、栄養失調もやんぬるかなという状態なり。おまけに酒量は増える一方で、これで体にいいわけがないとわかっちゃいるけどやめられない、のである。

そうではないか、男性諸君。単身赴任の男性諸君、そうではないか。カップラーメンで夕食を済ませてはいないか。

『月山《がっさん》』の森敦《あつし》さんもカップラーメンの愛用者であった。既にこの世の人ではない。その是非が問題なのではない。男とはそういう生き物であるということが問題なのである。面目ないが、私は近ごろ酒が弱くなった。飲めばすぐに酔う。酔えばたちまち眠くなる。気が付いたら朝であったということもしばしばである。このぶんでゆくと、いずれ孤独死は免れ得ないところである。

私に言わせれば、夫婦の問題に係累《けいるい》がゴチャゴチャと口を出しすぎる。女性諸君の注文が多すぎる。

仮設住宅の男性の孤独死ほど深刻ではないにせよ、新聞に休刊日はあっても、孤独なオッサンに休肝日はないのである。

おーいお茶、風呂《ふろ》に入るぞ
飯食うぞぼちぼち寝よか
谺《こだま》しており

いつぞや、

「こんな苦労をするくらいなら、別れた女房とよりを戻そうかと思っていた」

うんぬんと書いたら、

「そんなんやからバツイチになるんや。再婚でけへんのんや」「もうちょっと女性を大切にせなあかんで」「ほんまは彼女いてんのんとちゃうか」「今すぐ恋人が必要なんかと思たら、まだ奥さんにみれんがあったんかいな。心配して損バコイタ」「女の敵や」

なんて、女性諸君からお便りをいただいた。

何をおっしゃる、ウサギさん。

「按《あん》ずるに筆は一本也《なり》、箸《はし》は二本也。衆寡《しゅうか》敵せずと知るべし」

と斎藤緑雨《りょくう》は言った。まして、女に敵《かな》う男ならいない。それを承知でソクラテスの弁明をさせていただきたいと思う。

別れた女房のことをあんなふうに書いたのにはわけがある。ああ書いておけば現在のダンナに、

「こんな男とよりを戻さなんで正解やったな」

と言われたときに、

「ほんまやね」

と女房が相槌《あいづち》を打てるだろうとの深慮遠謀があったのである。

今すぐ恋人を必要としていたこともウソではない。

われわれ文士にはシメキリというものがある。

言うてすまんが、私は約束は守る男である。守りすぎて一カ月先の原稿まで書いてファクスしてある。ゆえに、多少話が前後するのは仕方がない。

太陽の光が地球に届くのに八分半かかる。その程度のズレはあるものとお考えいただ

きたい。書いている時点では本当のことであっても、一カ月先には事実と異なるなんてことがあるかもしれない。それをウソだと言われても困る。

たとえばの話である。まかり間違って、私に彼女ができたとする。男だもの、そりゃいつかはできる。できなくてどーする。

ダガシカシ、天ハワレワレヲ見放シタだとか、ナミダがちょちょぎれるとか、これまでに散々書いておいて、

「彼女ができて、うれしい、うれしい」

て、そんなん今さら書けまっか、とゆー問題もある。平重盛ではないが、忠ならんと欲すれば孝ならず、孝ならんと欲すれば忠ならず、てなことになるわけである。

時世時節《ときよじせつ》は変わろとままよ。そのときはそのときの話である。武田信玄の故事もある。三年間は慶事を秘すかもしれない。だから女の敵だなんて言うのは、まだ早いのである。

電球の下の猫より煙出て
カチカチ山になった慌《あわ》てた

エコロジカル・ライトというものを買った。電気スタンドである。何でも電球がクリプトン球といって、これが目にはよいらしい。

私は目医者である。同時に歌よみ兼文士でもある。

仕事に行ったら行ったで、細隙灯《さいげきとう》という顕微鏡を通して人様のオメメとにらめっこである し、家に帰ったら帰ったで、原稿用紙のマス目とにらめっこの毎日である。いわゆる疲れ目もいいところだろうけれど、そんなもの、まったく気にしたことはない。

よく患者さんに、

「わて、テレビしか楽しみおまへんねんけど、見たらあきまへんやろか」

と聞かれることがある。

目は物を見るためにある。見てなんぼのモノである。大いにごらんになられればよろしい。

私がエコロジカル・ライトを買ったのは、単に珍しい物が好きだったからで、目のことを考えたためではない。

寒い日のことであった。文机《ふづくえ》の上にそのエコロジカル・ライトを置き、座いすにもたれてタバコを吸っていたら、にゃん吉がきて、ライトの真下にちょこんとお座りをして目を細めている。あたたかくて気持ちがよいのである。

私はプカプカ、猫はホカホカで、これを天下泰平という。電球とそのすぐ下にある猫の背中の間を、紫煙《しえん》が流れて、千山万岳の煙の趣がある。なかなか乙なものであるなと思って右手の指の間のタバコを見ると、煙は一本の線となって天井とつながっている。

はてな。

ということは、タバコの煙は電球のほうには行っていないということになる。

おかしいなと思って猫を見たら、背中からモクモクと煙が立ちのぼっているではないか。肝心の猫はというと、キョトンとして私の顔を見ている。

「おまえ、あほやろ」

と言いながら慌てて抱き寄せて背中を触って驚いた。熱いなんてものではない、燃えていたのである。急いで消火活動をして事無きを得たが、何を隠そう、うちの猫はあほである。

あほほどかわいいものはないというが、まったくその通りであって、にゃん吉ほどかわいいものはないのである。

もっとも、自分の体が火事なのに気がつかないなどというのは、少しくあほすぎるきらいがないこともないのではあるが。

私は横文字に得意な方ではないから、エコロジーと言われたってちんぷんかんぷんではあるが、エコロジー、時に猫を焼くという事だけは理解したのである。

飼い主が変なら猫も変である
焼芋のあとリポビタンデー

飼い主が変だということなら、今更ご説明申し上げる要はないかと思う。飼い主とは面目ないが私のことである。飼い主につられて変なのは、ご存知、猫のにゃん吉である。

にゃん吉がどのように変かというと、食べ物の好みがフツーでないの一語に尽きる。

広島名物もみじまんじゅう、岡山名物大手まんじゅうはもとより、甘い物に目がない。大手まんじゅうは内田百閒《ひゃっけん》の好物としても有名である。

むかし、プチ・チョコレートをくれというから十個ばかり食べさせたことがあった。そしたら翌日ニャン相が変わっていた。カイゼル髭《ひげ》が生えていたのである。にわかに偉くなったわけではない。チョコレートの食べすぎで鼻血がこびりついていただけである。

「あほか、おまえは」

と言ってみたところで、相手は猫であるからニャンの効果もない。

まさか好物ではあるまいが、てんぷら油をしこたま舐《な》めて、あやうく徳川家康の二の舞いになりかけたこともあった。岡崎の猫騒動という話もある。あるいは好物なのかもしれない。

基本的にうちのにゃん吉は、私が口から出したものなら何でも食べる。みかんだって食べる。先日はてっちりを一緒に食べた。単に食い意地が張っているだけではないかというご意見もあろうかとは思うが、おのずと好き嫌いがある。嫌いなものは略す。

ゆでたまごの黄身、焼きいも、リポビタンデーにヤクルト、こういうものを一人で飲食しようとすると大変である。ゆでたまごなんかコツンという音をさせただけでもイケマセン。

「おまえ、寝とったんとちゃうんけ」

てなことになるのである。おかげで私は白身ばっかり食べている。

飲み水にだって一家言ある。水道の水はお飲みになられないのである。お湯かミネラルウォーターにかぎる。ミネラルウォーターなら何でもよいかというと、「ボルヴィック」でないとダメなんだな、これが。

ええ加減にせえよ。猫のくせして生意気やど。そやけど、アイラブユーやど。

ぶきっちょな
俺にも明日があってよい
夕日に向かいアクセルを踏む

大和に越してきた当初はバタバタしていたが、漸《ようや》く落ち着いた。

時は今、天《あめ》が下《した》知る五月ではあるが、この春、三カ月ぶりに愛車ポルポル君が冬期調整を終えて帰ってきてくれた。

ポルポル君が留守の間は、箕面《みのお》の車屋さん「シェ・ル・ポ」の社長のM君の軽自動車を借りていた。前向いて走るのが不思議なくらいのポンコツであったので、前向いて走りたいという欲求不満がたまりにたまっていた。かくなる上は、ポルポル君に乗って前向いて走らなしゃーないということで、いささかしつこいようではあるが、南国土佐まで前向いて走ってきた。

お目当ては高知のはりまや橋の袂《たもと》にある「得月楼《とくげつろう》」での夕食である。この料亭は映画『陽暉楼《ようきろう》』の舞台となったところとしても有名である。作者の宮尾登美子さんは、私のうたの数少ない理解者のお一人で、おハガキをいただいたことがある。

高知はよいところであった。夏草の生いや茂れる軌道の上を路面電車が走っている。行き先を見て驚いた。赤字で「ごめん」と表示されていたのである。すれ違う電車が何度か車道に大きくハミ出すことがあったから、ぶつかっても「ごめん」の意かと思ったら、南国市にそういう地名があるということがわかった。そりゃそうだろう。いくら土佐のハチキンでもそれはないだろう。人騒がせな地名なり。

田宮虎彦《とらひこ》の名作を生んだ足摺岬《あしずりみさき》にも回りたかったが、出かけるのが遅かったので断念せざるを得なかった。他日を期したいと思う。

行きは遠回りをして瀬戸大橋を利用した。

帰りはもちろんピッカピカの明石海峡大橋を渡ったのは言うまでもない。面白いことに前者のルートは奈良県の自宅から三百八十キロ、後者は三百四十キロで大差はなかったのである。もちろん日帰りである。往復に要した時間は夕食を含めて十二時間であった。

平成十一年からは瀬戸三橋時代になるらしいが、三橋でも四国は十分近くなった。次回は伊予松山への日帰りを予定している。早朝に出発すれば、佐田岬からフェリーで九州に渡り、筑後《ちくご》柳川《やながわ》の「お花」で夕食をとってのトンボ返りもできない相談ではない。

瀬戸内の島嶼《とうしょ》といい、南国土佐といい、わが国がかくも美しい国であったとは知らなかった。

おかげで、文士としての夢がひとつ増えた。

日本全国津々浦々、愛車ポルポル君で訪ねて、いつの日か紀行文を書きたいと思う。

雨の中届けてくれた
あっちこち滲《にじ》んだハガキ
でもありがとう

大和国原へ越す少し前の雨の日のことであった。合羽《かっぱ》を着た郵便局屋さんのお兄さんが小包その他を届けてくれた。

「民営化ってほんま？」

と私が尋《き》くと、

「ほんまとちゃいますか。ぼくらリストラが怖いから嫌やけど」

と言う。

私は大いに同情して、新聞に書くと約束したことを今ごろになって思い出した。私が書いたからといってどうなるものでもない。もとより百も承知の上でのことである。

今や、原稿はファクスで送るのが常識になった。これだとシメキリが丸々使えて、しかも生原稿が手元に残るから一石二鳥である。

ちなみに私はワープロなるものは使用しない。すべて万年筆による手書きである。だから、自筆の原稿が残るのはありがたい。

われわれ文士が最もお世話になっているのはだれか。それは郵便局屋さんである。ファクスの時代になったからといって、そのありがた味が減ることはない。ファクスで原稿が送れるとはいうものの、何でもかでもファクスで送れるものではない。

文士の経費は多岐にわたる。文房具に書籍、取材に要する費用といろいろあるが、主たるものはファクスを含む通信費である。とりわけ郵便局屋さんに関する経費がいちばん多い。

たまにド忘れすることもあるが、読者諸賢からの初めてのお便りには、できる限りお返事を差し上げるようにしている。そのほかに、雑誌や書籍のご寄贈へのお礼状など、郵便局屋さんの存在なくしては一日たりとも暮れることがないと言っても過言ではない。親方日の丸が郵便局屋さんを民営化しようとするわけは知る由《よし》もない。知りたいとも思わない。

子供のころからポストは赤いものと決まっていた。むかしのような円筒形のポストはあまり見かけなくなったが、それでもポストは赤い。

嘗《かつ》てあったものがなくなるのは寂しいものである。

なるほど、なくなってよかったものがあることはある。

敢《あ》えて明言はしないが、なくなって欲しいものもある。

さりながら、雨の日も風の日も厭《いと》わぬ郵便局屋さんがなくなることに、私は反対である。

外人が夫婦の仲を語りけり「だんだんよくなる法華《ほっけ》の太鼓」

今回は少しく趣向を変えて、オムニバス形式の猫持珍聞記なるものにてお楽しみいただきたいと思う。

①大阪は南河内《かわち》にある某大学でのお話。先々代の水戸黄門、すなわち東野英治郎さんにウリふたつの教授がいらっしゃるそうで、教室へと歩いてくる姿が見えると、だれからともなく水戸黄門のテレビ主題曲を歌い始め、やがて大合唱になるらしい。

※ヤルホウモヨクナイガ、似テイルホウモ悪イ。

②大阪は浪速《なにわ》区にある元旧制中学（現在は高校）でのお話。英語の授業中に先生がサツマイモは何と言うかと聞くと、だれかが「スウィートポテト」と答えた。

「よろしい。では、ジャガイモは何と言うか」

「ハイッ」と勢いよく立ち上がって、

「バレイショー」

と答えた人がいたそうな。ちなみに、その人は現在、同校の教諭をしておられるとのこと。
※ドンナ学校ダロウ。
③同じく右の元旧制中学でのお話。アフリカというあだ名の先生がおられた。横顔がアフリカ州の地図に似ていたためらしい。
※マコトニオ気ノ毒ナコトト思ウ。余談ダガ、ウチノ父親ノ出身校デモアル。
④大阪は大正区の内科の某先生のお話。ある日のこと、このセンセ、目の前の患者さんを放ったらかしにしておいて、突然サンダルを履いてどこかへお出かけになられてしまわれたらしい。患者さんが驚いてセンセは何処《いずこ》へと問うと、なんでも急に買いたい本を思い出して駅前の本屋さんに行かれたとの由。
※個人的ニハ好キナ先生ダガ、チト遺患者内科。

⑤同じく大正区の内科の某先生のお話。ただし、右のセンセには非《あら》ず。請求書を眺めながら薬屋さんにいわく、

「チミ、このタンスウとは一体何かね」

「先生、それは端数《はすう》と読むんです」

※マ、エエジャ内科。

⑥大阪は戦前の墨江あたりでのお話。近火ある際は屋根に登って赤いフンドシを打ち振れば類焼しないなんて、ほんまかいなという言い伝えがあったらしい。それを真に受けて近所が火事のときに屋根の上で赤いフンドシを振ったおっさんがいた。調子に乗って振っていたら、お巡りさんが来て連れて行かれたとのこと。

※コレヲ、フンドシノ川流レ、トイウ。多クヲ談《かた》ラズノ感アリ。

毎度ばかばかしいお笑いで面目ないが、紙数の都合で、これでおしまいである。お後がよろしいようで。

墓碑銘にこう書いてよね
ダメ男だったが
猫を見捨てざりきと

全国の坊っちゃんお嬢ちゃんは幸せである。ただいま夏休みの真っ最中。夏休みだなんて、いつか見た青い空のオッサンにも思い出ならある。小学校の林間学校のことであった。所はおなじみの高野山。肝試しをしようということになって、先生に連れられた宿坊《しゅくぼう》の下駄《げた》の音も高らかな坊っちゃんお嬢ちゃんのご一行が、奥の院へと向かうことになった。


こういうときには決まって、タチの悪いことを思いつく人がいるもので、

「諸君、先生がおるから心配せんでもええで」

と大語《たいご》する引率の先生の目の前に、突然白い物が飛び出して来たのである。

何ぶん、周りは墓だらけのマックロケノケであるからたまらない。

「で、出た〜」

と真っ先に逃げたのが件《くだん》の先生であったから、取り残された生徒たちはしょんべんばちびりますたいどころの話ではない。

翌日、現場検証にでかけたお坊さんの話によると、あちこちに下駄が散乱していたそうである。

犯人は同僚の先生であった。敗軍ノ将ハ兵ヲ談《かた》ラズというが、言語道断の極みなり。

もっとも、右は人に聞いた話であって、私の思い出話ではない。

私のはさらに物騒なのであって、ニセモノではなくてホンマモンの幽霊になりそうになったことがあったのである。

中学二年のことであった。奈良県は西吉野村の山奥の川の中州でキャンプをしたことがあった。

当時阪大生の家庭教師のF兄と二人、テントの中でぽちぽち寝ようとしていたときのことである。チャプチャプという音と共に枕元《まくらもと》に水が流れ込んできたから、おかしいなと思ってテントから出てみて驚いた。

上流から、怒濤《どとう》のごとくというか、怒濤というか、水が押し寄せて来ていたのである。夏だからパッチは穿《は》いていなかったが、必死で田んぼに這《は》い上がって振り向いたら、テントはなかった。

ダムが放水したということであったらしいが、警告のサイレンも届かない下流で、せっせと死ぬ準備をしていた阿呆《あほう》約二名にわかるわけがない。

就中《なかんずく》、そのうちの一名は根っからの阿呆である（私のことである）から、F兄とは違って何の恐怖も感じなかったばかりか、夏休みの宿題帳が流れて、シメシメと思っていたのであるから、われながら恐れ入る。担任の教師も宿題帳のことはちゃらにしてくれた。

これを、水に流す、という。

軽井沢のホテルのテラスすぐ横にただ坐《すわ》ってたレノンとヨーコ

学生時代、夏休みを利用して軽井沢へ旅したことがあった。久しぶりに登場の友人の森本昌宏君と初登場の同じく友人の久野勉君の三人で一泊旅行を思い立ったのである。森本君に関しては今さら説明の要はないかと思うが、念のために申しあげると、ペインクリニックの泰斗で現在某夕刊紙にその蘊蓄《うんちく》を連載披瀝《ひれき》中である。久野君は遠州浜松の産で北浦和在住の腎臓《じんぞう》の専門家なり。久しく会ってはいないが長年の知友であることに変わりはない。

三人して出向いたのは、いささか分不相応ながら、老舗《しにせ》の万平ホテルである。かわたれ時のテラスに坐ってアイスコーヒーを飲んでいたら森本君が頻《しき》りに私の左後方に目くばせするではないか。

「何やねん」

と思いつつ振り向いてみて驚いた。

ジョン・レノンとオノ・ヨーコさんが坐っていたのである。もう一人日本人男性が同席していたが、そのオッサン(当時は兄ちゃん)のことはどーでもよろしい。

読者諸賢もご同様であろうかとは思うが、われわれ市井《しせい》の一布衣《ほい》がいわゆる有名人と接近遭遇することは稀《まれ》である。宇宙人に遭うようなものである。

歌よみ兼文士としてデビューしたからといって、この間の事情が変わるものではない。文士自体が雨降りの太鼓でどうもならん存在なのであるからやむを得ない。やむを得なければ仕方がない。

髪の毛にメッシュを入れて曲馬団まがいの扮装《ふんそう》が売り物の某直木賞作家のオッサンならいざ知らず、フツーの文士は顔すら知られることはないのである。

余談だが、先日、フッキーこと吹石一恵嬢が、目下大人気で多忙なのにもかかわらず、夜陰《やいん》に紛《まぎ》れてご母堂と一緒に拙宅まで新規開業のお祝いに駆けつけてくれた。フッキーは私が会って話をすることのできる唯一《ゆいいつ》の有名人である。

今年で十六歳だから、実の娘のように思うことがある。彼女の活躍は嬉《うれ》しいけれど、半面、ハラハラと心配もしている。

もとより余計なお世話ではあろうが、私も齢《とし》をとったのであろう、人様の子供であるということを忘れることがある。

閑話休題《それはさておき》。

あの日のレノンとヨーコはただ黙って坐っていただけであった。一メートルと離れてはいなかったのに、ついに声を掛けることはできなかった。ジョン・レノンが凶弾に斃《たお》れてから十八年になる。

君去りて夏が残りし草原に
バッタの羽音すかんぽの茎

昨日は七夕であった。

夏である。私の大好きな季節がやってきた。夏が巡ってくるたびに、生きていてよかったと思う。

〈縁台の浴衣《ゆかた》の少女夕暮れの兵隊虫のしずかな飛行〉と私が詠《よ》んだ夏がやってきたのである。

いつぞや、兵隊虫について書いた。ジョウカイボンという甲虫ではないかとも書いた。虫博士こと、大阪市立自然史博物館の初宿成彦《しやけしげひこ》さんが、その後も調査を続けていて下さった。

ツマグロカミキリモドキという甲虫ではないかというファクスをいただいた。

問題は兵隊虫君の実物である。これさえあれば正体が判明するのである。

ちょうどそんなとき、大阪市大正区泉尾《いずお》の杉本明貞という歯医者さんより、同区の南恩加島《おかじま》で飛行中の兵隊虫君に任意同行を願ったというご連絡をいただいた。その兵隊虫君は急遽《きゅうきょ》虫博士のもとへ連行されて、漸《ようや》く兵隊虫君の正体がわかったのである。

私が思っていたウスチャジョウカイではなくて、虫博士の予測通り、ツマグロカミキリモドキであった。

保育社の『原色日本昆虫図鑑・上』によると、「体形は細くカミキリムシに似ている」茶色の二センチ程の虫とある。

以下は虫博士からのファクスの要約である。

兵隊虫はカンタリジンという物質を出す一種の毒虫で、大阪市内ではこの虫を肘《ひじ》の内側に挟んで勝負をするという遊びがあったという。負ければ肘の内側に水ぶくれができるのだそうである。海岸部、特に西淀川《よどがわ》区や大正区に多く見られたものであるらしい。

積年の疑問が氷解して喜ばしいかぎりではあるが、大正区にまだ飛んでいたとは知らなかった。

手塚治虫の漫画に『雨ふり小僧』というお話がある。子供のころには見えるが大人になると見えなくなるオバケの話である。

兵隊虫君はまさに雨ふり小僧だったのではないか。見えなくなっただけで、いなくなったのではなかったのである。

今回の一件における最大の功労者は、兵隊虫君を任意同行に応じさせた杉本明貞さんであることに虫博士もご異存はないかと思う。

その杉本さん、近日中にもう一匹、職務質問で呼びとめて私のもとに連行して下さるというからありがたい。実現すると、四十年ぶりの再会ということになる。

右の一事を以《もっ》て愚考するに、大人になるということは嫌なものである。人には忘れてはならないものがある。それは少年の心である、ということを兵隊虫が教えてくれたのである。

「もういちど若かった日に戻りたい」
あんたも好きね
ないものねだり

美濃の国は郡上八幡《ぐじょうはちまん》へ行ってきた。何用あって行ったのかというと、何の用もないから行ったのである。

何か用事があって出掛けるのは面倒である。水に宿る月、草葉に置く白露より尚《なお》あやしい浮き世には、無用の用こそ相応《ふさわ》しい。

八幡着、夕刻。夏だからまだまだ日は高い。その辺を少しく散策した後、郷土料理を食べさせる「すぎ本」というお店に入った。

左甚五郎《じんごろう》に比肩《ひけん》する宮大工とお店の人が言う田屋忠衛門作の囲炉裏《いろり》のある間に通されて驚いた。お隣の間に飾られているパネル写真に見覚えのある人が写っていたのである。

江國滋《えくにしげる》、永六輔《えいろくすけ》、小沢昭一その他の面々であった。

永六輔さんは訳あって年に一度、このお店に来られるらしいが、私が驚いたのは江國滋さんとの約束を思い出したためである。約束といっても大したことではない。江國さんが倉庫に蔵《しま》ってある百鬼園こと内田百閒《ひゃっけん》先生のはがきのコピーを、そのうち貰《もら》うということになっていただけのことである。その江國さんもすでにこの世の人ではない。すなわち約束は反古《ほご》である。

わが家にはなぜか親戚《しんせき》付き合いをするという習慣がない。習慣はなくとも親戚ならいる。お互いに面識がないだけの話である。

一例を挙げると、元内閣総理大臣。現在はフィクサー的存在として、あまり評判の芳《かんば》しくない例のオッサンなり。今さらこのオッサンと知り合いになったところで、何ら利するところはないからど－でもよろしいが、以前にも書いたことのある太宰施門《だざいしもん》（一八八九～一九七四年）は別である。

わが国フランス文学界の草分け的存在であるから、どうというのではない。第一、フランス語ならちんぷんかんぷんである。

実はこのオッサンは内田百閒先生の親友であったということを知ったから、ビックリするやら情ないやら。百閒全集なら読んでいるのに、このオッサンが親戚だということを知らなかったから、『小説新潮』の平成十年七月号を見るまで気が付かなかったのである。子供のころ、祖母に連れられてよく遊びに行った、備中《びっちゅう》の国は笠岡《かさおか》にいた渡辺という親戚に関係のあるオッサンなりき。渡辺さんちには私より少し年長の姉弟がいたが、今となってはその消息を知る由《よし》もない。家に年寄りがいなくなって、核家族が完了するとロクなことはないのである。若かりし日に戻りたいとは思わないが、今は亡《な》き人々が帰って来たらどんなにか嬉しいことかと思う。

帰途、美濃の夜空に揚がる花火を見た。

滅茶苦茶《めちゃくちゃ》に強い女性がいてまんねん
ケンカじゃないよ
将棋の話

むかし、日本将棋連盟関西本部の本間博五段（当時四段）に出稽古《でげいこ》に来てもらっていたことがあった。

結婚と同時に中断したから、十一年前のことになる。

プロは強い。なんでんかんでん強い。二枚落ち（飛車角抜きのこと）で教えてもらっていたのではあるが、本間五段に本気で来られたら逆立ちしても勝てるものではない。

アマ強豪と対戦すると、それこそ抜いたと思ったら斬《き》られていたということになる。

その点、プロはお上品である。ガップリ四ツに組ませてくれた上に、時々は負けてくれて二段の免状まで恵んでくれた。

下手の横好きという。相手がいなくて困っていたら、インターネットの日本将棋連盟のホームページで面白いものを発見した。即《すなわ》ち、私が現在熱中している「NSN（日将連ネット）」がそれである。パソコンを通じて全国の会員と対局できるという、サビシーおっさんにはうってつけのネットなり。

入会して二カ月、現在の私の成績は五五勝七三敗、持ち点は一五二七点である。道場形式になっているために持ち点があるのであって、入会時は一五〇〇点と決まっている。十五番勝負を経た後の点数が正式な持ち点ということになる。

一五〇〇点は一応初段ということになっている。ランキング一位の人は二二二八点で、この人は師範代である。ランキング上位の人に勝てば得点が大きいが、簡単には勝てない。

会員は千名で増加の一途を辿《たど》っている。谷川浩司さんらプロの指導対局も受けることができる。

先日、ハンドルネーム（ペンネームのようなもの）、「成金野郎」さんと対局していたら、「毎日新聞に書いておられるかたですか」

と尋ねられた。

対局中に電子メールでやりとりができるようになっているのである。「チャット」という。そんなことを言われたのは初めてのことであったので、大いに気をよくして負けていた将棋を逆転勝ちさせていただいた。

目標はランキング三位の女性である。もっとも、私の将棋は銀が泣いているどころか、王様が泣いている。道は遠いのである。有志は推参あれ。歌の文句ではないが、「ねこもち」という名前で出ています。

遅くまで物書く吾《われ》を蒲団《ふとん》から
顔だけ出して猫が見ている

歌よみとしてデビューして半年後に、毎日新聞のサンダース軍曹が、「何の役にも立たんことを半年間書いてくれ」と言ってきた。そして、そのまま担当者になった。依頼されたとき私は驚喜した。デビューしたからといって、書く舞台を選べるものではない。あくまでも与えられるものなのである。

私は歌よみであるから、芥川賞にも直木賞にも関係がない。それどころか、短歌関係の賞すらもらったことがない。

まったくの無冠の新人である。そういう、海のものとも山のものともわからない駆《か》け出しの新人に、大新聞の依頼が来ることはまずない。稀有《けう》なことである。驚喜して当然である。

「猫持さん、あなたもプロなんだから、書く舞台は選びなさい」

と、わが師山本夏彦は仰《おお》せになられた。私は幸運であった。選ばなくとも、文藝春秋、毎日新聞と超一流のところからしか話が来なかったからである。

新人を抜擢《ばってき》するのには非常なる勇気を要する。わが師を嚆矢《こうし》として文春出版局長のFさん、A編集長、毎日新聞のサンダース軍曹は勇気ある人々である。

男子は己《おのれ》を知る者のために死す、という。認められれば、認められただけの仕事をするよりほかはない。たまに失敗することもあるが、私はそう信じてやってきたし、今も変わることはない。

新聞に限っていえば、サンダース軍曹の鴻恩《こうおん》に報ずる方法はひとつしかない。それは読者を得ることである。具体的には読者諸賢のお便りがすべてである。そのお便りのおかげで、当初半年の予定だったものが一年に延び、さらに続くようになったと言うことができる。

何の役にも立たんことを書いてくれという依頼を受けたことを、私は少しく後悔している。なぜなら、役に立つことを書く方が、役に立たないことを書くより、はるかに容易である、ということに今ごろになって気付いたからである。

時すでに遅し。私は義理堅い人間である。義理に生きるのは男子の本懐である。

いつまでも何もしないでいるならば何も起こらぬ人生である

去る七月十一日と十二日の二日間、私の所属する短歌同人誌「日月《じつげつ》」の夏の会に出席するため、遠州は浜松まで行ってきた。そもそも私は、会とか式とか名の付くものは大っ嫌いなのではあるが、この会だけは例外である。

嘗《かつ》て本コラムにおいて「日月」のことを書いたら三十名近い読者が会員になってくれた。種を蒔《ま》いた権兵衛《ごんべえ》さんは私である。本会だけが例外である所以《ゆえん》なり。

こーゆー書き方をすると話がややこしくなる虞《おそれ》があるが、種を蒔くだけ蒔いて後は知らんとゆーのはよろしくない。種だけで済めばまだよろしいが、うっかり実が成ってしまったりしたら大事《おおごと》である。

大体、右のごとき事情で「日月」に三十個ばかり実が成ってしまったのである。言うてすまんが、私は律義《りちぎ》な人間である。ゆえに、三十人まとめて弟子として取り立てた。うたはもとより文章も拝見させていただいている。もちろん添削もしている。弟子だからロハである。

「性分《しょうぶん》の本然《ほんぜん》を尽し、職分の当然を務む。かくの如《ごと》きのみ」と江戸期の儒者、佐藤一齋《いっさい》は『言志録《げんしろく》』の中で言っている。

わが国の没個性的な教育の弊《へい》であろうか、わが弟子諸君、「性分の本然を尽す」ことがどうやら苦手なようなのである。すなわち、私の職分の当然は弟子諸君の個性を発揮させることにある。

「日月」の本部は東京にある。弟子諸君のほとんどは関西勢であるから、上方支部なるものを設けることにした。夏の会以外に、上方支部の不定期例会も年に一度は開催することにしている。中でも夏の会は関東勢と関西勢が一堂に会する盛会で、堅苦しいことは抜きの楽しい集まりである。

思い立ったが吉日、という。有志はふるってご参加願いたい。プロを目指すもよし、単なる趣味として楽しむも、またよしである。

今の人がコネと言ってバカにするものを、むかしの人は縁と呼んで大切にした。「日月」を通じて多くの人と出会ったのも何かの縁である。大切にしたいと思う。手取り足取りとまではゆかないかもしれないが、不肖猫持もでき得る限りのお手伝いはさせていただくつもりである。老若男女を問わず有志諸君のご入会を期待したい。

好きだから好き〜森高千里アワー〜

地図を見ると、大スンダ列島ならびに小スンダ列島と称する島嶼《とうしょ》が南方にある。大が済んだ、小も済んだ、それからどうした、というような感じであるが、さらに見るとバリ島がその中に含まれていることがわかる。

東の方に目を移すと、ビチレブやらババウなどといった島も点在する。プカプカ島とかジューシー島、クサイ島に至っては何をか言わんやである。はてな。

たった今気が付いたのであるが、島の名称について云々《うんぬん》するのが本稿の目的ではなかったのである。何が何でも森高千里さんのことを書くのであった。

「モリタカチサトって、だれ？」

なんてことをお思いの向きは、それだけでもう立派なオジサンだから、森高ファンになる資格十分である。ゆえに、ちょっとこれをお読みいただきたい。

念のために申しあげると、森高千里さんは全国のオジサン達のアイドルとして夙《つと》に名高い妙齢の女性ミュージシャンである。端的に言うと歌手である。

不肖猫持が、全国の森高ファンのオジサン達を代表して森高千里さんを解剖、じゃなかった、森高千里さんの魅力を解剖するというのが本稿の目的なのである。いわゆるアイドル論ではない。第一、アイドルなんて言われたって、皆目名前が浮かんでこないから比較対照することができない。いくらなんでも、それではあんまりだから少々工夫した。

森高千里さん（以下、千里さんと書く）の曲に『ミーハー』というのがある。

「お嬢様じゃないの　わたしただのミーハー！　だからすごくカルイ　心配しないでね」

という内容である。

幸い、わが寒川医院には心配しなくてもよいただのミーハーが約八名いるから、アイドルの情報を仕入れるのに不自由するということがない。白衣の天使だなんてあなた、誰が言いだしたのかは知らないが、何かの間違いに違いない。関係のないことではあるが。

白状すると、実はかくいう私も、つい一年前までは、

「モリタカチサトって、だれ？」

のクチだったのである。それがどういうきっかけだったのかは忘れたが、たまたま『私がオバさんになっても』というCDを手に取ってみたのが、そもそものむにゃむにゃの始まりであった。『私がオバさんになっても』という曲名と千里さんの写真を見ただけでピンと来るものがあった。これは名曲に違いないと思って買ったら、案の定名曲であった。なぜ、そんなことがわかるのかというと、それがわかるのである。

私は物心がつく頃から父が掛けていたレコード、たとえばルイ・アームストロングとかナット・キング・コールなどを聴いていた。生まれたのが昭和二十八年、即ち一九五三年だから、間もなく六〇年代のアメリカン・グラフィティ及びヨーロピアン・グラフィティの真っ只中《まただなか》だったし、ジャズやボサノバの黄金時代でもあった。ビートルズを中心とする和洋グループサウンズも花盛りの時代であった。くだくだしいから七〇年代以

降は略すが、オジサンを馬鹿《ばか》にしてはイケマセン。耳は肥えているのである。

千里さんの凄《すご》いところは、音楽的には百戦練磨のオジサン達を魅了してやまないという点に尽きるだろう。たしかに、〈美しければすべてよし〉という一面もあることはある。

話を『私がオバさんになっても』に戻す。メロディーもさることながら、歌詞がいい。

「私がオバさんになっても本当に変わらない？　とても心配だわ　あなたが　若い子が好きだから」

何ともいじらしいではないか。それだけではない。巧まずして男女の機微にも触れている。この曲だけに限らず、作詞はすべて千里さんご自身によるものであるということも強調しておいてよいだろう。なかなかの才能であると思う。

百聞は一見に如《し》かず、という。われらが千里さんとキレイなだけのアイドル歌手との違いを知るために、森高ファンであるかないかを問わず、是非ごらんになっていただきたいものがある。『JA共済プレゼンツ森高千里ラッキー7コンサート』というライブ映像がそれである。JAとは農協のことである。私が所有するのはレーザーディスク版だが、ビデオテープ版もちゃんと発売されている。難しい話は抜きにして、目の保養になること請け合いである。

例によって、飛んだり跳ねたり、それだけでもありがたいところへもってきて、ドラムは叩《たた》く、ギターは弾く、たて笛も吹く、挙句の果てにはピアノの弾き語りもするというサービスぶりなのである。歌いかつ踊りながら着衣を少しずつ脱いでゆくというのも嬉《うれ》しいではないか。着衣を脱ぐといっても、もともと何枚も着込んでいるものを脱ぐという一種の衣裳《いしょう》替えのようなものだから、変な期待をしてはいけない。ミュージック違いをしてはいけないのである。もっとも、かくいう私だって隠しカメラで見られていたりしたら、彼女がスカートを脱ぐ場面など、それこそどんな顔をしているか知れたものではないから、あまり大きなことは言えないのではある。

面目ない話ではあるが、初めてこのライブを観《み》たとき、あまりの可愛《かわい》さに鼻の下が伸びただけでは納まらず、気が付いたら鼻血が出ていたのである。これを要するに、鼻血ブーという。鼻血ブーになったのはこれで二度めであるが、最初のブーはあまりと言えばあんまりだから、公言スルヲ憚《はば》カル、のである。

これを観てからというものは、軍歌の文句ではないが、それより後は、明けても暮れても千里さんのことばかり、とまでは言わないが、結局ＣＤもレーザーディスクもぜんぶ買ったから、似たようなものである。

千里さんと比較するために、わが白衣のミーハー天使諸君から情報を仕入れたとは前に書いた。即ち、キレイなだけのアイドル歌手たちのビデオもいくつか観たのである。

千里さんとの最大の相違点は何だったかというと、彼女たちアイドル歌手からは好きだから歌うのだという印象をついに受けることがなかったという点だろう。仕事だから歌うというのではとてものこと千里さんのようなエンターテイナーぶりを発揮することは不可能である。

これは私の勝手な意見かもしれないが、千里さんが熊本の出身で、『この街』という曲を聴けばわかるが、方言を話すということも大きな魅力のひとつであると思う。女性の方言というものはそれだけで色っぽいのである。それからもうひとつ。実際にお目に掛かったことがないから、単なる想像にすぎないのではあるが、彼女はたぶん町ですれ違っても、それとわからない人ではないだろうか。そういうフツーっぽいところもオジサンにとっては嬉しいことではある。

千里さんのファンクラブではいろいろなモリタカグッズの販売もしている。その中に等身大のポスターというのがあった。ものすごく欲しかったのではあるが、猫と二人暮らしの私がそれを買ってどうするのかということを考えると、大いに物騒でもあったので、結局買わなかったが、買っておけばよかったとただいま少しく後悔しているところである。

全国の森高ファンのオジサン達を代表してあれこれ書いてはみたけれど、なぜモリタカが好きなのかというと、好きだから好き、と言うほかはないのである。

猫も歩けば①

黒崎善四郎、永田典子のご両名と相談の結果、不肖猫持が卒爾《そつじ》ながら書かせていただくことになった。

で、何を書くのかというと、何も書くことはないのである。あるわけがない。そんなもの、あると思う方がどうかしている。

黒崎氏いわく、

「まあまあ（の百っぺんも言い）、そう堅苦しく考えずに、何でも好きなことを書いてみたら」云々。

横で典子おかあさま（永田典子さんのこと。向後はおかあさま、である）が、張子の虎《とら》のように頻《しき》りにうんうんやっている。

はは あ。成る程ちぎる秋茄子《なすび》。そういうことか。要するに、何も書くことがなくても何か書けばよいということなのであるな。

そういうふうに言っていただくとよくわかる。ふむふむ、ふんふん。はてな。

というわけで書くことにしたのである。

そもそも書くことがないわけであるから、もとより内容はない。日頃思っていること、或《あるい》はちっとも思っていないことを、あちらと思えばまたこちら、といった調子で気分次第の好き放題に書かせていただくことにしたいと思う。

「猫も歩けば」

と題した所以《ゆえん》である。

猫の魚辞退、なんてことにならなければよいのであるが。

私と「日月」との関係は、私の第二歌集『雨にぬれても』を川明さん（この人は以後、提督或はテートク）にお送りしたことに始まる。同業の誼《よしみ》ということもあったのかもしれないが、実に好意溢《あふ》れるお便りをいただいた。

テートクの御歌集『歯とイボ』の出版記念会の招待状が届いたときには驚いた。「白珠」に入って五年、未《いま》だ嘗《かつ》てなかったことだったからである。

仕事を休んで、のこのこ出かけて行って、さらに驚いた。なんと、私のテーブルは主賓の横ではないか。とびきりの上席である。当時、私はまったくの無名だったのである。人生、よいことはそう長く続かないもので、会が始まって同じテーブルの人たちが、風に翩翻《へんぽん》音を立て、ではないが、付箋《ふせん》だらけの『歯とイボ』を一斉にカバンから取り出したときは心臓がとまるかと思った。

実は、私は『歯とイボ』を持ってくるのを忘れたのである。といえば聞こえはよいが、全く念頭になかったのである。おまけに一首も暗記してはいない。

これで何か喋《しゃべ》れと言われたって、あなた、無理な相談である。やむを得なければ仕方がない。折を見てトイレに行くフリをしてやろうと思っていたら、いきなり私の番である。

安モンの政治家ではないが、何を喋ったのかまるで記憶にない。あとで聞くと、これが意外に大ウケであったらしいが、笑いごとではない、当の本人は必死のパッチだったのである。これを、阿呆《あほう》に付ける薬無し、という。

黒崎氏やおかあさま、おかあさまのご令嬢、西村美佐子さん、朋千絵さんのお二人や渡辺恵子さん、吉川冨士江さんたちと親しくお話ししたのは二次会の席上でであった。出版記念会はこりごりだが、爾来、どういうわけか「日月」とは仲良しなのである。

猫も歩けば②

自分で自分の歌集を読んで吹き出すことがある。安上りで結構なことではある。文章だって同じである。よくもまあ、これだけ何の役にも立たないことを書いて、サマになっているものだなあと、われながら感心したりもする。

今回は猫持的短歌の秘伝公開の巻である。どうすれば、うたが面白くなるのかということについて、私なりの考え方や方法を述べてみたいと思う。

短歌は文芸であって文学ではない、というのが私の出発点である。ましてや、芸術なんてものではないのである。

芸術家は鑑賞者のことなんか考えてはいない。ここまで来いの仕事をする。絵画や映画なら、それでよいのかもしれないが、言葉で表現する文芸でそういうことをすると、現代詩のように滅ばざるを得ない。大衆が認識しないものは存在しないのである。

縁台の浴衣《ゆかた》の少女夕暮れの兵隊虫のしずかな飛行

このうたは、私のうたにしては珍らしく殆《ほと》んど手を加えなかった作品である。下七は最初、静かな飛翔《ひしょう》、となっていた。考えてみると、飛翔という言葉はカッコよすぎて、同時に臭い。静かを漢字で書くと重くなる。で、右のようになった次第である。

カッコよい言葉、難しい言葉を使ったり、漢字を多用する場合は注意しなければならないという例である。このうたは少女と兵隊虫を並べただけの構成になっていて、作者は何も言ってはいない。俳句の手法を取り入れたもので、私の第二歌集『雨にぬれても』に於《お》いて多用した方法である。抒情《じょじょう》的なうたを詠《よ》む場合に適しているので、一度お試しになっていただきたいと思う。

深刻なことを深刻に詠めば、それはただ深刻なだけである。だから私は、深刻なことほど軽く、軽いことほど深刻、或は大袈裟《おおげさ》に詠むようにしている。

　ものなべて祭りの果てのかなしかり長崎くんちもぼくんちも

これは前者の例である。上句で普遍的な事実を言って、下句で個人的な事実を言っている。この場合のかなしかりは普遍的な事実に対応しているから、感情語はなるべく避けるという鉄則に抵触しない。ぼくんちもと軽く往《い》なすことによって成功している。尚《なお》、ぼくんちもでは字足らずだが、これを私の家もと字数だけ合わせると、深刻なことを深刻に詠むという悪い例になってしまうあたりにご注目願いたい。

字数よりもリズム感が大切な場合もあるのである。

　通天閣に登ればなんと大阪の町に海あり海に船あり

これは後者の例である。大阪に海があるのは周知の事実である。海に船があるのも当たり前であるから、只管《ひたすら》軽くどーでもよい内容である。それを大袈裟にするために通天閣となんとという感情語を取り合わせてみたのである。

そろそろ紙数が尽きるから、このくらいにしておきたいと思うが、ご参考になったであろうか。短歌が文学で芸術であってもよいのではあるが、意図的にするものではないと私は考えている。

最後に、文章には難しい漢字を使用することが必要である場合があるということを言っておきたいと思う。

猫も歩けば③

私は文士である。チョットだけよ、の歌よみでもある。いろいろ苦労がある。

一例を挙げると、毎日新聞に書く文章と「日月」に書く文章とでは大いに異なる。異なるように苦心惨憺《さんたん》している。即《すなわ》ち、毎日新聞には売り物になる文章を、「日月」には只管売り物にならない文章を書くようにしている。

売り物にならないようにする方法として、世間様がご存じない固有名詞を多用するということがある。

たとえば、おかあさま。永田典子と書けばさらにわからない。寒川猫持と書いたって同じことである。誰も知りません。

時々、歌人のうたに同様の固有名詞が出てくることがある。わざわざ売れなくしているようなものである。「日月」の若手諸君は真似《まね》をしてはいけません。ついでに言わせていただくと、「〜にあらずや」なんて表現はクサイからお使いにならない方がよろしい。

諸君！　ボーッと読んでたらあきまへんで。

私は今、ものすごーく大事なことを言っているのである。私に限らず誰だって、「日月」用、歌壇用、毎日新聞用と文章或はうたを書きわけることが可能であると言っているのである。だったらなぜ、最初っから毎日新聞用に書かないのかという問題。どんなモンダイ。

プロの発想、歌人の発想、素人《しろうと》の発想。

このうち、プロの発想と素人の発想は二人三脚で仲がよい。唇歯輔車《しんしほしゃ》の関係にある。ひとり歌人の発想のみが群を抜いて、浮世離れしている。この世のものとは思えない。

百万の大枚を叩《はた》いて歌集を上木《じょうぼく》して、マスコミ等に送るのは認められたいためである。あわよくば商業出版に漕《こ》ぎ着けたいからである。そうでないとは言わせません。だったら毎日新聞用のうた及び文章でなければいけない筈《はず》なのに、そんなこと考えもしないんだな、これが。飽くまでも歌壇用のうたと文章で押し通そうとする。これでどうにかなると思う方がどうかしている。正気の沙汰《さた》ではない。無駄だからおやめなさい。

文芸はエンターテインメントである。素人さんに読んでもらってなんぼのもんである。読者サービスをすることこそが必要であって、歌人サービスなんてまるで必要でない。

歌壇歌人の多くは結社歌人である。大結社には大歌人がいる。まず大歌人に認められる必要があるということはわかる。しかし、そのことにのみ汲々《きゅうきゅう》としていたのでは新しい発想の生まれる余地はない。どうしてもっと大志を抱かないのか、或は抱けないのか。大歌人の多くは既にお齢《とし》である。若手を引き立てる気がない大歌人なんて老害以外の何物でもない。この際、枕《まくら》を並べてお亡《な》くなりになっていただくのが良策である。

いろいろ険呑《けんのん》なことを書いたが、右は売り物にならない文章の一例を示しただけで、他意はある。じゃなかった。他意はない。と一応は言っておく。

やろうと思えばできることを敢《あ》えてしないのは、勇なきなり。

人間、それぞれ個性というものがあるから、一概に何がよいなんてことは言えないが、素人さんにわかる歌作りということなら誰にだってできる筈である。そうしなければならない時が来ているのである。

猫も歩けば④

「日月」の上方支部不定期例会が去る○月×日（忘れた）に大阪で催された。

ミルトン森本君が迎えに来てくれると言うから、寝呆《ねぼ》けマナコで寒風吹き荒《すさ》ぶ大正区三軒家東一の十三の三付近の路上でボーッと立っていた。わしはペンギンかっ、と思い始めた頃に車が見えた。寝坊したのであるらしい。おかげですっかり目が覚めた。

ミルトン君は学生の頃からの友人で、「日月」はもとより、歌壇でも右に出る者はいない男前である。恰幅《かっぷく》もよいし実務能力もあるから、上方支部の支部長になってもらうことにした。

不定期例会は新入会員の中井邦子さんちの喫茶店を会場とさせていただいた。あらためておん礼を申しあげる。

初めての会でもあり、出席者のほとんどが初心者であったということもあって少しく混乱が見られた。気がついた点についてご説明申しあげたい。

私のことをボス猫だと思っている方が少なからずおられた。ボス猫だか、馬だか鹿《しか》だかはわからないが、ボスは五人委員会の面々であって私ではない。

だったら私は何かというと、

　葬儀屋の隅にひっそり招き猫
　の招き猫である。置き物である。

　居候《いそうろう》三杯目にはそっと出し
　の居候という説もある。

いずれにしても、安モンの政治家じゃあるまいし、次回の夏の会ではネコモチねこもちと連呼しないでいただきたい。
先日の東下りのお歴々、即ち永田典子、渡辺恵子、福留フク子、朋千絵の諸氏は錚々《そうそう》たるメンバーである。喧嘩《けんか》も強そうである。わざわざ来てくれた右の諸君をさしおいて、やれネコモチだの、バカチエだのと皆様が仰有《おっしゃ》るものだから、私は内心、生きた心地がしなかった。後のタタリがおそろしい。イジメられはしないかと心配である。

ただでさえそーゆー状況であったところへもってきて、私がフクちゃん（福留フク子のこと）のうたに、どうでもいいようなイチャモンをつけたのであるから、いよいよ以《もっ》て険呑である。夏の会で一服盛られる可能性がある。

はてな。

面目ないが、私は最近、書いている途中で何を書いているのかわからなくなって、収拾が着かなくなってしまうことがある。

本文も既にして手遅れである。他にも気になったことがあったが、また思い出したら書くことにしたいと思う。

以下は余談である。

会員に霧生マコトさんという人がいる。本名は別にある。あまりにも本名とかけ離れた筆名と物騒な歌風の所為《せい》で、私はこの人がプロの作家であるということを失念していた。

以前にご本をいただいていたということすら、すっかり忘れていたのである。

ご新著『妖精のレッスン』（エー・ジー出版刊）を拝見させていただいた。

言うてすまんが、私もプロである。プロではあるが、この人の方が何枚も上手であって、七冊も著書をお持ちなのである。

仲間だから言うのではない。久しぶりに面白い本を読んだ。ご一読願いたい。

面目ないが

あじさいの咲く道をゆく少年よ
花青ければ青きかなしみ

夢はいつもかへつて行つた　山の麓《ふもと》のさびしい村に

とは立原道造の詩の一節であるが、たしかに夢には帰ってゆくところがある。私の場合は三カ所ある。

幼稚園には一年しか行かなかったから、四歳までは天国であった。もっとも、三歳までの記憶はほとんどないから、ひとつは四歳のころということになる。

四歳から五歳になるまでの一年間は私の人生において最も幸せなときであったと思う。何の悩みもなかった。遊ぶことが仕事であった。世の中のことなんかちっとも知らなかったから、毎日が未知との遭遇で倦《う》むということがなかった。一日が長かった。当時は家に年寄りが三人もいたから、万事がにぎやかで楽しかったのである。往年の少年長じて今や四十五歳。三人の年寄りはもういない。まことに世は無常なり。

もうひとつは初恋を経験した中学生のころである。

今でもプロコル・ハルムの『青い影』やゾンビーズあるいはカーナビーツの『好きさ好きさ好きさ』、きりがないからもうひとつだけ挙げると、テンプテーションズの『マイ・ガール』などの曲を聴くと、あのころの夕焼けや夏の夕暮れの風の匂《にお》い、好きだった少女のことを思い出すのである。あじさいの咲く道をゆく少年のかなしみは、すなわち私のかなしみでもあった。

こころをばなににたとへん　こころはあぢさゐの花　ももいろに咲く日はあれど

うすむらさきの思ひ出ばかりはせんなくて

右は萩原朔太郎《さくたろう》の詩の一節である。

恋は人を詩人にする。恋する喜びと失恋のかなしみを問わず。そんな時代もありました。

私にとって夏は恋のシーズンであり、恋の思い出はそれぞれ密接に音楽と結びついている。

大阪はミナミの激安のバー「ピンク・エレファント」に足しげく通うのは、マスターの宮本さんのお人柄のよさもさることながら、昔なつかしい音楽をかけてくれるからである。失った恋の思い出に浸るのもまんざらではない。

夢が帰ってゆく所の最後のひとつは、もちろん現在の私である。バツイチのにわかやもめの見る夢なんてあなた、そんなに種類のあるものではありません。

明けても暮れても、朝な夕な、どう言っても同じことではあるが、まだ見ぬ恋人のことばかり考えているのである。結果を聞くなかれ。なぜならこれを、見果てぬ夢、という。

チョンガーの胸のうちなどわかるまい服着てひとり脱いでもひとり

「センセ、毎日新聞の水曜朝刊、なんぼ払《はろ》て載せてもろたはりまんねん」

と近所の風呂屋《ふろや》のおばちゃんに言われたかと思うと、

「なんで通帳がマイナスやねん。なんで自分でパンツ買われへんねん。ほんまに医者か」

という励ましのお便りを一読者よりいただいたこともある。

うれしいような、かなしいような。

面目ないが、ほんまに医者である。ほんまに医者ではあるが、通帳がマイナスでパンツが買えないのである。もともと金銭感覚が欠如している上に、花は咲けども山吹のみの一つだになきぞ悲しき身の上なれば、いささか不適当ではあるが、天網恢々疎《てんもうかいかいそ》ニシテ何もかもザザ漏レなのは致し方がない。

世間では妻帯しない男性は重用しないことになっていると聞く。もっともなことであると思う。

まず責任感というものがない。あるはずがない。

私のことを言っている。

戦いすんで日が暮れて、

「あらま兄ちゃま、ようきたのうー」

じゃなかった、

「あら、お帰り。食事にする？　お風呂にする？　それとも、寝る？」

てなことを言ってくれる女性がいるわけでなし、張り合いというものがまるでない。

これでマジメに働けと言われたってあなた、無理というものである。

人間、自分ひとりが生きてゆくだけなら、その日の食い扶持《ぶち》さえあれば事は足る。風の吹くまま、気の向くままのその日暮らし以上の発想は生まれない。

社会的責任うんぬんの大義名分論など、机上の空論以下、猫の耳に、じゃなかった、馬の耳に念仏のたぐいである。食えなくなったら食わないまでのことである。どうってことはない。

バツイチのにわかやもめ歴も平成九年で五年目になる。若いころの五年と中年になってからの五年とでは重みが違う。人間五十年と古人はいった。私は既に四十五歳である。命旦夕《めいたんせき》に迫ると言っても過言ではない。しかるに、私には家庭というものがない。バート・バカラックの曲に『ア・ハウス・イズ・ノット・ア・ホーム』というのがある。家すなわち家庭ではないのである。

〈服着てひとり脱いでもひとり〉というのはこの間の事情をいうのであって、変な意味合いではない。誤解のないようにお願いしたい。

私はいささか疲れた。もはや限界に近い。

私が女性に望むものは安らぎである。嘘《うそ》はもう沢山《たくさん》である。

チョンガーは泣くよ　国にも見捨てられ　国勢調査ボク書いてない

五年に一度、国勢調査というものがあることを、私は長い間知らなかったのである。初めて知ったのは新婚ホヤホヤ、むにゃむにゃのむにゃのころであったから、十年ばかり昔のことということになる。

鞭声粛々《べんせいしゅくしゅく》、一剣を磨き損ねて長蛇《ちょうだ》を逸《いっ》したのは、読者諸賢の夙《つと》に知るところである。めでたくバツイチとなって、現在の住居に越してきて間もなく二度めの国勢調査に行き当たった。前回と同様だとすると、小人は閑居して不善を成していれば事は済む。黙っていても係の人が用紙を届けにきて回収してくれる段取りになっているはずである。こちとらは用紙に記入するだけのことであるから、もとよりお気楽なご身分である。

一日千秋《せんしゅう》の思いとまでは言わないが、鶴首《かくしゅ》して待っていたら、「宵待草」ではないが、待てど暮らせど、来ないんだな、これが。

国勢調査というからにはお国の仕事である。にもかかわらず、期限をはるかに過ぎても何の音沙汰《おとさた》もないのは如何《いかん》。はて面妖《めんよう》な。

結局、だれも来なかったのである。なぜだろう、なぜかしらん。

書く手間が省けて助かったというレベルの問題ではない。私はこれでもレッキとした日本国国民である。

言うてすまんが、税金だってちゃんと納めている。

しかるに、なにゆえのハミ子であるか。ハミ子は女性関係だけで十分である。思えば、バツイチになってからこの方、ロクなことはない。もともと希少であった勤労意欲などは、バツイチのオッサンに対する世の女性諸君のツメターイお仕打ちのために、今ではすっかり失《う》せ果てた。糅《か》てて加えて、頼みの綱の親方日の丸が前述のごとき体たらくときた日にゃ、往生しまっせ。ほんま。

おねげえでごぜえますだ、お代官様、の心境である。お国にしてみれば、バツイチなんて物の数ではないのではあろうが、あんまりでねえか。もう来るか、いま来るかと待っておったどに。

貧すれば鈍《どん》す、という。

ファッショナブルでトレンディーなバツイチなんて、しょせんはこの程度のものである。貧して鈍するだけの生き物である。

生年《せいねん》は百に満たず、常に千歳《せんざい》の憂《うれ》いを懐《いだ》く。

昼は短く夜の長きに苦しむ。何ぞ燭《しょく》を秉《と》って遊ばざる。

と古人も言っている。

至言《しげん》なり。

私は遊ぶことに決めたのである。

「よーセンセ」道路隔てた歩道より
見えないはずの彼が手を振る

一読者より、

「あんた医者やったら、たまには医者らしいことも書きなはれ」

というお便りをいただいたので書く。

私が毎日新聞にコラムを連載しているのは医者として認められたからではない。認められたいと思ったこともない。私の第一歌集『ろくでなし』の略歴に自ら藪医者《やぶいしゃ》と記したくらいである。

余談だが、『ろくでなし』も第二歌集の『雨にぬれても』も共に自費出版だから既に入手は困難であって古本屋さんでお探しいただくほかはない。読者よりお尋ねがあるので一言させていただいた。

私より立派な目医者なら世にごまんといる。私ごときが目のことを書くのは、だから恐れ多い。

私は、首と肩の凝り及びのどの違和感に悩まされていると書いた。もっとも、私の場合は何かに熱中していたりするとコロッと忘れていることもあるから、首、肩、のどの症状はホンマモンではない。神経症と書いたゆえんである。神経がそこに集中するために起こる症状である。わかっちゃいるけどやめられないんだな、これが。

読者諸賢の中にはホンマモンの肩凝りや、その他諸々《もろもろ》の痛みなどでお困りの方もおられるだろうと思う。

ここはひとつ、久しぶりに友人の森本昌宏君に登場してもらうに如《し》くはない。

彼はペインクリニックの医者で、肩凝り、腰痛をはじめとする痛みのプロである。歌よみでもある。歌集に『床頭台《しょうとうだい》の花』（そうぶん社出版刊）がある。歯以外の痛みや凝り、シビレならペインクリニックの得意とする分野である。神経症にも有効であるらしい。

某月某日、森本君宅にて飲んでいて、

「最近、肩と首が……」

と私が言おうとしたら、いきなり注射をされたことがあった。私はただ、肩と首がと言っただけで、その後は言っていないのにもかかわらず、である。痛かったという記憶はない。たしかに少し楽になった。

読者諸賢はあるいはお思いかもしれない。痛みを止めるといっても、それは一時的なものではないのか、と。私もそう思う。

ところが、これが違うらしいのである。反復して注射をするうちに痛みが永久に去ってしまうこともあるらしい。

百聞は一見に如かず、という。森本君は近畿大学医学部付属病院（大阪狭山市）に月・水・木と出ている。麻酔科の外来である。適応症は意外に多い。森本君にお気軽にご相談いただきたいと思う。

医者ゆえに
しんどいことも言い辛《づら》く
ガタガタになり申し候《そうろう》

一病息災《そくさい》、という。私の一病は自律神経失調症（以下、神経症と略す）というもので、症状は多彩だが命に別条があることはないので、至って息災である。

ところで私は、四柱推命《しちゅうすいめい》の某大家の最初にして最後の弟子だったことがある。その先生、私が弟子になってから間もなくお亡《な》くなりになられたので、残念ながら奥義《おうぎ》をご伝授いただくまでには至らなかった。

四柱推命とは生年月日による占いの一種で、細かいことを除けば、人間を六十タイプに分けて判断する統計学という側面を持っている。ちなみに私は昭和二十八年四月十一日生まれだから、二十九番ということになる。同じ二十九番にはかの芥川龍之介がいる。

私は四柱推命に全幅《ぜんぷく》の信頼をおく者ではないが、芥川と私との間に多くの共通点があることを認めないわけにはゆかないのである。痩身《そうしん》で文士で大きな子供で神経症で、と枚挙に遑《いとま》がないくらいである。

最も大きく、かつ深刻な共通項は神経症であるという点であろう。

「鴉片《あへん》エキス、ホミカ、下剤、ヴエロナアル、━薬を食つて生きてゐるやうだ」

と、芥川は佐佐木茂索宛《あて》のハガキに認《したた》めている。

彼が睡眠薬で自殺したということは通説になっているが、これには異説もある。詳しくは『藪の中の家』(山崎光夫著、文藝春秋刊)をごらんいただきたい。

医者の不養生、紺屋《こうや》の白袴《しろばかま》という。

白状すると、私も薬を食って生きている。ホミカは健胃剤である。私の場合、胃・腸管系の薬を服用すると神経症の症状が悪化することがあるので、これは避けている。下剤も必要ない。鴉片エキスは法律で規制されているから論外である。残るはヴエロナアル、すなわち睡眠薬である。

読者諸賢はお信じになられないかもしれないが、私の一日は睡眠薬を服用することで始まる。朝起きたら一錠、夕方に一錠、寝る前は酒というのがパターンになっている。そうしないと、現在の主症状である首と肩の凝り及びのどの違和感が去らないのである。世に物書きと呼ばれる人種はみんな神経症であるとお思い下さって、まず間違いはない。健康とはおよそ縁のない稼業《かぎよう》である。

芥川がなぜ死んだのかは知る由《よし》もないが、芥川賞の元祖になったとは不本意であったであろう。芥川賞で思い出したが『水滴』(目取真俊著、文藝春秋刊)は近ごろ出色の受賞作であると思う。

「センセ、いっぺんパーッといきまひょか」

あんた明日から来なくてよろし

何よそのセンセのところはいざ知らず、私のところでは医者よりも患者さんの方が元気なような気がする。

ある男性の患者さんなどは毎日、自転車を漕《こ》いで大浪橋という橋を越えてやって来る。雨の日は傘を持つから片手運転で、である。

と書けば当たり前のように聞こえるが、この人、八十八歳である。上海雑技団なんて、まだまだ甘い。

とにかくこの世はノミから人間に至るまで、女性の方が強い。男性ですら右のごとしであるから女性は推して知るべしであって、常連さんともなると、雨が降ろうが風が吹

こうが何のその で、

「ちょっと奥さん、○△さん、今日はなんで来てはらへんねんやろ」

「さあ、なんででっしゃろな。どっか体の具合でも悪いのんとちゃいまっか」

なんて会話が待合室で飛び交っていたりする。

肝心の医者の方はというと、慢性の自律神経失調症で、既にしてボロボロの状態である。

もっともつらいのは、人並みに夜が眠れないことであって、眠るためには安定剤と眠剤及び適度のアルコールを必要とする。それでも午前二時を回らないと眠ることができない。おまけに、年のせいか、とんでもない時間に目が覚めて驚くことがある。たとえば午前五時。何のことはない、さっき寝たばっかりではないか。

こういうときはどうするかというと、さっきまで見ていた夢を思い出すようにしている。うまくゆけば、そのまま続きを見ることができて朝までということになる。どうしても思い出せないときは、とりあえず起きて缶ビールを飲む。ちびちびやっていたので は夜が明けてしまうから、タバコを数本喫《す》う間に飲む。顔が火照《ほて》ってきたところで布団《ふとん》に潜り込む。これで眠れることがある。それでもだめなら起きる以外に方法はない。右のような体たらくであるから、午前中は大抵フラフラである。

先日、ある女性の患者さんに、

「センセ、最近えらいしんどそうでんな。しっかりしなはれや」

と、どっちが医者だかわからないようなことを言われてしまった。ちなみに、この人は九十一歳である。

この人に比べると、私なんかたったの四十五歳である。夜は眠れず、日中は肩が凝って不愉快この上もない。どうにかならないものかと思う。申し訳ないが、医者の方が医者にかかりたいくらいで、パーッとゆくどころの話ではないのである。

「センセ、わて何ぼ食べてもでまへんねん」
目医者にそんなこと言われても

香芝《かしば》よいとこ一度はおいで、と私を大和の香芝へ誘ったのは近鉄バファローズの吹石さんと、NTTの広瀬さんの二名である。おかげですっかり香芝の住民になってしまった。

住めば都とはいうが、当地は本当によいところである。ベランダに出るだけで花火が見えるのである。

私は特定の神を信じないが、ご先祖様なら信じている。いわゆる、ご先祖様のお導きではないかと思っている。

先日、ご先祖様のお導きの一人であるNTTの広瀬さんが患者さんとしてやって来て、

いわく、

「センセ、ボク、後ろが見えまへんねん」うんぬん。

「へ？　後ろが見えへんて、どーゆーこと」と聞くと、

「まっすぐ前向いてまっしゃろ、そしたら後ろが見えへんということに気が付きましてん」

てなことをおっしゃる。

大阪弁ではこれを、どこに目ぇ付けとんねん、という。魚じゃあるまいし、見えなくて当然である。それでよいのである。

この人、本件より遡《さかのぼ》ること数カ月、夜中に自転車に乗っていて転び、にわかに左眼が見えなくなって救急車で病院に運び込まれるということがあった。

医者というものは因果な生き物で、ＣＴスキャンをはじめとしてあらゆる検査をしたが異状がない。異状がなければそれに越したことはないのに、

「おっかしいなぁ。どっこも悪いとこないで。何でやろ」

てなことを言いながら、夜中にスッタモンダをしていたとご想像願いたい。

どこにも異状がないのにもかかわらず、依然として左のオメメは見えないままである。医者も患者も納得がゆかない状況ではあったが、なにぶん夜も遅い。とにかく後日出直すということになって帰ろうとしたとき、病院の白衣の天使君が、

「あれっ」

と言って広瀬さんのメガネに手を伸ばさなければ何事もなかったのに、伸ばしたから大変である。

書くのもバカバカしいが、左眼のレンズが外れていたのである。

大山鳴動ネズミ一匹、どころの話ではない。迷惑千万、罪万死に値すると言っても過言ではない。広瀬さんは私より少しく年長であったと思う。もうちょっとしっかりしてもらわんと。

これだから医者はやめられない、じゃなかった、これだから医者はシンドイのである。後ろが見えないだなんて、面白いけど、やめていただきたいのである。

清正も肥後も知らずに笑ってる
うちの看護婦ひろみとゆかり

私は、知る人は知る、知らない人は知らないファクス魔である。ファクスとはファクシミリのことである。以下、ファクスと略す。きょうび、ファクスがどういうものであるかということを知らない人は、まずいないだろうと思っていたら、先日、

「あんた知ってた？　ファクスてすごいねんよ」

というわが白衣の天使諸君の会話をたまたま耳にしたのである。何でも、先様から字の書いてある紙が送られてくるのがすごいのであるらしい。

そりゃすごい。それが本当なら郵便局屋さんも真っ青である。手紙じゃあるまいし、

いくらNTTでも紙ごと送るだなんて、そんな器用なことができるはずはないとは思ったが、ここでうかつなことを言うと、あとのタタリが恐ろしい。

聞かなきゃよかった。彼女たちは同じ星の人間ではないのに違いない。

ところで、私はファクス魔である。なぜファクス魔かというと、ファクス魔だからである。朝起きたといっては送り、昼寝をしたといっては送り、夜は退屈だから送る。これぞと思う人には一週間に十日送る。

内容は前述のごとしで、送る本人が読んでもどーでもよいことばかりだから、送られた方は尚更《なおさら》どーでもよいのである。私用だか閑用だか無用だか、いずれにしても先様にとっては迷惑千万な話で、まことに遺憾に存じますではあるが、ここがチョンガーのイヤなところで、要するに寂しくってしようがないのである。

返事の有無はもとより問題ではない。送りさえすれば気が休まるのであるから始末が悪い。

最も被害甚大《じんだい》なのは、雑誌『室内』の編集兼発行人で、『文藝春秋』『諸君!』『週刊新潮』などの連載でおなじみの山本夏彦先生である。訳あって私と知り合いになったのが先生の運の尽きで、まことにお気の毒なことと思う。

夏彦先生で思い出したが、加藤清正や肥後熊本をご存じないのは、わが白衣の天使諸君だけだと思っていたら然《さ》にあらず、先生の工作社でも似たり寄ったりであるらしい。以下は先生と才媛《さいえん》の編集者とのやりとりである。

「不肖って知ってるか」「豚の子のたぐいでしょ」

「上野の彰義隊は」「将棋隊ですか」

「三勝半七酒屋の段、知るまいな」「知るわけないじゃありませんか。酸欠で心中、溺《でき》死《し》したんですか」

実はこれ、先生のご高著『「室内」四十年』の一節である。あんまり面白いから書いた。

文藝春秋刊なり。

「ウマシマ！」と画面を示す
違うだろあれはシマウマ島根県でも

私が子供のころ、看護婦さんは住み込みであった。大病院と違って町医者だから、なかなかなり手はなかったのである。それでも大病院のように最初から資格を必要としなかったから、彼女たちはうちで働きながら看護学校へ通うことができた。中に一人、島根県出身の子がいて、シマウマをウマシマと言ったのである。ただそれだけの話であって他意はない。私は島根県人の純情にして素朴な人情を愛するものである。

時は秋なり。

秋になるとそぞろ心の誘われて、私はどこか遠くへ行きたくなるのを常とする。

大食いボンこと、仮名で書くとラクヤ薬品の村富生典君、実名で書くとクラヤ薬品の富村典生君を連れて奥出雲《いずも》へ日帰りのドライブを思い立ったのも、右の事情による。

余談だが、このドライブの後、富村君は急性虫垂炎、いわゆる盲腸になり、手術前にカワイイ看護婦さんにむにゃむにゃの毛を剃《そ》られて、ただいま心身共に落ち込んでいるところである。その看護婦さん、どういうわけかそれ以来、口も利《き》いてくれないそうである。

な、なんでかなっ。

とゆーよーなことはどうでもよろしい。奥出雲へ二人して出かけたのである。

前々から行ってみたいところがあった。松本清張原作で映画にもなった『砂の器』で有名な亀嵩《かめだけ》である。

中国自動車道を東城《とうじょう》インターでおりて、木次《きすき》線に沿って一時間ばかり走ると亀嵩に至る。

踏み破る千山万岳の煙。NHKの『新日本紀行』そのままの古きよき日本が残っていたのである。

単線で一両仕立てのディーゼルカーといい、無人の亀嵩駅といい、潤《うるお》いのない都会生活に疲れた男二人には、まことにありがたい光景であった。

亀嵩から津和野へ向かう途中、鳴り砂で有名な仁摩《にま》町の琴ケ浜へも行った。キュッキュッといい音がした。

鷗外のふるさと津和野で夕食にする予定であったが、心身共に落ち込む前の富村君が、腹減った〜飯食わせ〜と言い出したので、急遽《きゅうきょ》予定を変更して、わが白衣の天使諸君の一人、トンカツ嬢の郷里である浜田市を最終目的地とすることにした。浜田着十八時三十分、すでに人影はまばらで目抜き通りの赤信号に停止すると、鈴虫の声一色だったのには驚いた。あゝ面白い虫のこえ、である。

私が大阪に生まれたのは偶然である。トンカツ嬢が浜田に生まれたのも然《しか》り。

人生は面白いと私は思ったのであった。

「野郎共叩《たた》っ斬《き》っちめえ」最初だけ威勢がよいが斬られておわり

スポーツ・チャンバラ用の刀を買ってきた。

スポーツ・チャンバラとはチャンバラのスポーツである。われながら、よくわかる説明であると思う。スポーツとチャンバラを引っくり返しただけである。

剣道は防具とか装備が大層であるから、だれでもどこでもというわけにはゆかない。その点、スポーツ・チャンバラなら刀が発泡スチロールのような素材でできているので、防具なんていらないからだれでもどこでもできる。

「トイザらス」で二本買った。何のために買ってきたかというと、化け物退治をするためである。化け物とはわが白衣の天使諸君のことである。

私は時代小説が好きで、おまけに根が単純であるから、津本陽さんの『柳生兵庫助《やぎゅうひょうごのすけ》』を読んだら、たちまち柳生兵庫助になりきってしまうのである。

ちなみに、ただいまは源頼光になりきっている。

大江山ならぬ寒川医院の酒呑童子《しゅてんどうじ》の退治に赴かんと思い立ったのである。敵の大将酒呑童子はかつて本コラムに登場したことのあるウサギ嬢である。手下の鬼どもはトンカツ嬢と酒乱嬢の二名。

いずれも剛の者なり。しかるに、頼光さんはただひとり。四天王になってくれる暇人なんているわけがないからやむを得ない。やむを得なければ仕方がない。

かくなる上は、敵が油断しているところを奇襲するよりほかはない。油断も何も、彼女たちは私が源頼光になりきっていることなんか、まるでご存じないのであるから、自分たちが鬼であるということもご存じない。

油断するどころの話ではない。どう転んでも楽勝である。

両刀を腰にたばさみ、足音を忍ばせて鬼どもの本拠地に乗り込むや否《いな》や、一刀を抜き放ってメッタ斬りにしてやろうとしたら、いきなり手下の鬼どもにベルトを持たれて引き倒された揚げ句、両刀を奪われて、逆にボカボカにやられてしまったのである。

酒呑童子のウサギ嬢いわく、

「ほんま、面倒見きれんわ」うんぬん。

これを、返り討ち、という。どうして奇襲に気付いたかというと、ふだんからあほなことばっかりやっているから、すぐにわかったとのこと。

源頼光も形無しである。

頼光がダメなら、次は柳生兵庫助しかない。

柳生新陰流二十一世、柳生延春氏に新陰流をご伝授いただいて、今度こそは鬼どもを退治してやろうかと考えているところである。

夏の夜の
高速道を離《さか》りゆくテールランプよ
たとうれば愛

掲出の拙歌をごらんいただきたい。

「たとうれば愛」

だなんて、われながら実に臭い表現である。

大体、愛などという言葉は使わずに済むのなら使わないほうがよろしい。とか何とか言いながら私は結構使っているが、うたの場合に限るのであって、文章には使用していない。

このほかに、うたにも文章にも使わない言葉もあるが、そーゆーことを書くのが本稿の目的ではないのである。

先日、愛車ポルポル君の微調整をしてもらいに、大阪は箕面《みのお》の「シェ・ル・ポ」に久しぶりに出掛けたときのことであった。「シェ・ル・ポ」のことなら既に何度か書いたが、国産外車を問わず面倒をみてくれる車屋さんである。

社長のM君いわく、

「姫路から若いご夫婦がポルポルに乗って来られて、猫センセのファンやと言うてはりましたで」うんぬん。

聞くと、右のご夫婦以外にも、「猫持はいつ来る」と言ってお見えになられる方はもちろん、電話での問い合わせも多いということであった。

木曜の午後は大抵「シェ・ル・ポ」にいると毎日新聞に書いたのは私である。白状すると、奈良に引っ越してからは無沙汰《ぶさた》の限りを尽くしている。忙しいということもあるが、頼めばポルポル君を引き取りに来て、また持って来てくれるから行かなくなったのである。

言うてすまんが、私は律儀《りちぎ》な男である。M君の話を聞いて大いに責任を感じたのは言うまでもない。

かと申して、招き猫じゃあるまいし、用もないのに「シェ・ル・ポ」に朝から晩まで坐《すわ》っているわけにもゆかないのである。

そこで思い出したのが毎日新聞にも書いたことのある猫マークのステッカーである。一枚あれば十分なのに沢山《たくさん》作ったから余分がある。

時は晩夏、あるいは初秋である。私のポルポル君が神出鬼没する時節である。かなり目立つステッカーなので、どこかでお目に掛かることがあるかもしれない。

ゴルフして
地球ばっかり叩いてる
たしかにこれも球ではあるが

むかし、ゴルフに熱中していたころのこと。

その前夜ともなると、ただでさえ興奮して眠れないところへもってきて不眠症のおまけがついた日には、とてものこと、ふつうにしていたのでは眠れるわけがない。そこで、早々に睡眠薬を服用し、あとは野となれ山となれの酒のガブ飲みということになる。もともといける口ではないので、小一時間もすれば、「ここはどこ、私はだあれ」という状態になって、めでたく寝る段取りとなるのである。

既に頭は朦朧《もうろう》としていて寝る気十分である。そのままおとなしく寝てしまえばいいものを、突然翌日の天気予報が気になったりするのも、ちょうどこんなときである。一度気になりだしたら是が非でも確かめずにはいられない。

へべのレケではあるが、枕元《まくらもと》の電話に手を伸ばして一七七番をダイヤルしたら、

「はい、こちら一一〇番」だなんて、訳のわからないことを言う。

はてな。

訳のわからないのは当方であって、間違い電話もいいところである。慌《あわ》てて電話を切って、仕方がないから寝たふりをしていたら、「こちら一一〇番ですが、どうかなさいましたか」という電話がかかってきた。

「すみません、間違いました」で事無きを得たが、いっぺんに酔いが覚めてしまった。

お巡りさんは正義の味方である。

だから何もジタバタする必要はないのではあるが、よほど前世での行いが悪かったのだろう、お巡りさんと聞いただけで伊勢海老《えび》が税金を納めにゆくような格好になってしまうのは、われながら情けない話である。

自分が間違い電話を掛けておいて、あまり大きなことは言えないが、お巡りさんも冗談が過ぎる。ただでさえ心臓が止まりかけていたところへ、また掛かってくるだなんて。

死ぬかと思った。一一〇番がそういう仕組みになっていたとは知らなかった。ちかごろは夫婦の縁でも簡単に切れるのに、まことにもって頼もしいやら、うらやましいやら。

さて、私のゴルフの腕前はといえば、打った球がスズメに当たる、カエルに当たる、アリに当たる、頻《しきり》ニ無辜《むこ》ヲ殺傷シというアリさまで、物騒だからやめてしまったが、一一〇番とは関係がないのである。

冗談で遊んでやっているれしゅに猫が噛《か》んだら痛いのれっしゅ

備中《びっちゅう》の国は笠岡《かさおか》に住む、うちの患者さんの婆《ば》さまの親戚《しんせき》の爺《じ》さまが、夏のある夜蚊帳《かや》を吊《つ》って寝ていたときのことでございます。

なにせネズミが多く、そのためにタマという年老いたトラ猫を飼っておりました。若いころにはよくネズミをとると、近所でも評判の猫でございました。

蚊帳と申しましても、あちこちに大きな穴の空いた、何のために吊るのかよくはわからない代物でして、はい。それはともかくその蚊帳を吊って寝ておったのでございます。

そこへマン悪く、猫に追いかけられたネズミが逃げて参りました。大きな穴が空いておりましたから、ネズミはいとも簡単に蚊帳の中に逃げ込むことができたのでございます。

悪いことは重なるもので、この爺さま、白河夜船《しらかわよふね》はまことに結構なことながら、褌《ふんどし》の間から何やら正体不明の丸いモノが顔を出しておりましたのでございます。それがネズミにおいでおいでをしましたのかどうかは定かではござりませぬが、窮鼠《きゅうそ》にとりましては、それこそ必死のパッチでございますからな。地獄に仏とはまさにこのことでございましたろうか。

寄らば大樹の蔭《かげ》とばかりに爺さまの丸いモノにハッシと取り縋《すが》り、「おお、ご同類。忝《かたじけな》し」と感涙《かんるい》に咽《むせ》んでいるところへやって参りましたのが、トラ猫のタマで。ネズミですら間違える爺さまの丸いモノでございますから、寄る年波で少しく目の疎《うと》くなったこの猫どんが間違えるのは、無理からぬことではありました。

「おのれ、ここで会《お》うたが百年目、優曇華《うどんげ》の花待ち得たる心地して」

と言うや否や、満身の力を振りしぼってむしゃぶりついたのが実はネズミではなかったのでございます。

ネズミはといえば、死せる孔明《こうめい》、生けるチュー達を走らすとかで、とうに逃げ失《う》せておりました。

問題はネズミに間違えられた爺さまの例のモノと持ち主の爺さまで痛さのあまりショックで天国に召されてしまったのでございます。タマという名前の猫が、たまたま爺さまに業務上過失致死の罪を犯したというお話でございました。

右は本当にあった話である。生々しいので、昔話風に書かせていただいた。

水洗でなかった厠《かわや》
水洗でないから
誰も水は流さぬ

訳あって大和国原へ移り住むことになった、と書いたら、「大和郡山《やまとこおりやま》なら知っているが、大和国原なんて聞いたことがない」というお便りをいただいた。それなら私も聞いたことがない。大和国原は地名ではない。大和、すなわち奈良の国原という意味で使わせていただいたのであるから、奈良全体を指す。

余談だが、福島県の郡山市を先輩と見做《みな》すために大和郡山というのである。長野県長野市に対して河内長野というがごとし。

私の大和国原は奈良県香芝《かしば》市である。移り住んで一カ月近くになるが、生来の物ぐさがたたって部屋の中は滅茶苦茶《めちゃくちゃ》である。段ボール箱の山に埋もれて、これを書いている。私の曾《そう》祖母は奈良市油坂の素封家《そほうか》、村田善四郎の長女であった。奈良市内から少しく離れてはいるが、ふるさとへ帰ったと言えなくもない。中将姫《ちゅうじょうひめ》で有名な当麻寺《たいまでら》が近い。茶がゆを食べに行きたいと思う。

欲を言えば備中高梁《たかはし》や備後《びんご》尾道《おのみち》の風情《ふぜい》があれば申し分のないところであった。それでもベランダに出れば目の前に田んぼが見える、林が見える、山が見える。視界を遮《さえぎ》る建物もない。地道に転がっている石をひっくり返すと、昔なつかしい虫たちがへばりついている。

ガスはプロパンである。トイレは一応水洗にはなっているが、ご近所の一軒家に汲《く》み取り車が来ているところを見ると、浄化槽になっているらしい。だったら、間もなく百花繚乱《ひゃっかりょうらん》し万虫群れ飛ぶことであろう。ウジ虫もちむまちむまと急ぐのに違いない。

兵隊虫だって飛ぶだろう。兵隊虫というのは俗称である。正式にはツマグロカミキリモドキという。

閑話休題と書いて、それはさておきと読む。それはさておき、田んぼがあり林があり山がある。プロパンガスにポットン便所。久しく忘れていた日本の原風景がある。昭和三十年代の大阪にあったものが、ここにはすべて揃《そろ》っている。兵隊虫だって、きっといるのに違いない。

〈ふるさとは遠きにありて思ふもの〉と犀星《さいせい》は詠《よ》んだ。が、これこそはふるさと、人間の住む所であると私は思うのである。

洋式の便座に和式坐《ずわ》りして
用足しおれば猫来て仰ぐ

「庸《よう》を以《もっ》て別に工夫を立つるは、尤《もっと》も差謬《さびゅう》せり」

と赤穂《あこう》浪士討ち入りの際の山鹿流陣太鼓で名高い山鹿《やまが》素行《そこう》は言っている。

庸は中庸の意なり。

全文を引用しないと文意が通じにくいが、中庸とはそもそも工夫を要する用のないものであって、変に工夫を加えるとロクなことがないという程度の意味である。

いきなり山鹿素行を引用したからといって、立派なことを私が書くと思ったら大間違いである。

掲出の拙歌を御覧《ごろう》じろ。訳のわからない和洋折衷はよろしくないということが言いたいのである。悪貨が良貨を駆逐するのはよいとしても、洋式便所が和式のそれを駆逐するのはよろしくない。なんでかとゆーと、私は洋式の便座が大っ嫌いなのである。就中《なかんずく》、ホテルに於《お》ける浴槽と便器が同室して忸怩《じくじ》たらざる、などはもってのほかのことである。自分がどこの国の人間かということを忘れそうになるではないか。ホテルは異人さんが泊まることもあるからまだ許せるとしても、家庭のトイレが洋式であるのは何ゆえか。理解に苦しむのである。

われわれはいつから西洋人になったのであるか。どなたかご説明願いたい。

むかしはトイレに行くことを上厠《じょうし》するといって、ポットン便所と決まっていた。トイレットペーパーなどというお上品なものはなくて、便所紙というネズミ色の、強く拭《ふ》けば血が付着することもしばしばであったザラ紙があるのみであった。それがないときは新聞紙で拭いた。

ちなみに、わが家は毎日新聞であった。なぜ毎日新聞であったのかということにはわけがある。私の母が当時の大手前高女（現在の大手前高校）の出身であるということに大いに関係があることであって、創立は早かったのにもかかわらず、お役所への届け出が遅れたために某高女に先を越されるということがあった。新聞は届け出の早かったほうを先に書くのがふつうではあるが、毎日新聞だけはその間の事情を察して、大手前高女を先に書いてくれた。時の校長が朝礼の場で全校生徒に、「毎日新聞を読むべし」と訓示を垂れたがために、わが家は毎日新聞でお尻《しり》を拭くハメと相なったのである。考えてみれば長〜いお付き合いではある。

そんなことはどうでもよろしい。三ツ子の魂百まで、という。私は未《いま》だに洋式の便座には慣れることができずにいて和式坐りをして用を足している。そのまんまで面目ないが、洋式だと糞切《ふんぎ》りがつきかねるのである。

背伸びした途端に椅子《いす》が動きけり
背伸びをすればロクなことなし

中教審、略さずにいうと中央教育審議会が少年の犯罪を憂《うれ》うる中間報告を出したということを、普段は読まない新聞で読んだ。

会長の有馬朗人《あきと》さんは元東大総長で俳人として有名な人である。

何の役にも立たないことを書くことを旨《むね》とする文士の私ではあるが、たまには役に立ちそうなことも書いてみたいと思う。

中間報告の内容は読んでいない。読まなくったってわかる。家庭がどうの学校がどうのと書いてあるのであろう。

「議論をするだけならいくらでも議員はいる。実行が問題になると一人もいなくなる」

という意味のことが『ラ・フォンテーヌ』にあったと記憶する。

それでは困る、机上の空論では困るのである。

わが白衣の天使諸君の大半は高校卒であることを気に病んでいた。履歴書に学歴を記入するのが苦痛であったと言う。だったら、履歴書から学歴を記載する欄をなくしてしまえばよい。あるいは企業が「学歴記載の要なし」と字数にしてたったの八字を募集要項に加えるだけでよい。先んずれば人を制す、という。有志はやってごらんなさい。企業イメージが著しく向上すること請け合いである。

学校教育というものは、一を聞いて一を知る者を対象としている。一を聞いて半分を知る者は、二を聞いて一を知る素質を持っているのにもかかわらず落ちこぼれてゆかざるを得ない。

人には得手不得手というものがある、と秀吉の軍師黒田官兵衛も言っている。

その得手不得手、すなわち個人の適性を見いだしてあげることが教育本来の姿であるべきであろう。国語算数理科社会、そんなもの、まるでダメでも生きる道があって然《しか》るべきである。

十人十色、という。十人一色の教育制度でいいわけがない。いいわけがないから今日破綻《はたん》を来《きた》しているというのが現状である。

紙数の都合で詳しく書くことはできないが、聞く気があるなら私にプランがある。いくらでもある。

かいつまんで言うと、十人十色ということを認めるだけでよいのである。実に簡単な話である。人生、背伸びをすればロクなことがない。

十人十色ということを認めないのは、社会が悪いのでもなく学校が悪いのでもない。ほかでもない、あなたや私が悪いのである。

お隣の子が塾に行くからうちの子も、なんて考え方はもうやめないか。

大切なのは個性である。個性が道を拓《ひら》くのである。

思い出は風に吹かるる曼珠沙華《まんじゅしゃげ》
こころの隅に赤く揺れいる

赤い花
赤いお花が
お好きなら
それは野に咲く
曼珠沙華
曼珠沙華
ゆらりゆらゆら
秋の日の

風に揺られて
ゐるわいな

右は私の第一歌集『ろくでなし』の冒頭に書いた自作の詩である。彼岸花、狐花《きつねばな》、死《し》人花《びとばな》などいろんな名称はあるが、私は曼珠沙華が大好きなのである。

去る秋のお彼岸を利用して紀伊の国は竜神村にある父方の墓参に行ってきた。上山路《かみさんじ》というところにあるのであるが、この地名は既に存在しない。土地の者のみが知る地名なり。

奈良市佐紀町にある「松華庵《しょうかあん》」の女主人、松鳥栄子さんは類稀《たぐいまれ》なる霊感の持ち主であって、寒川家の墓より左上方の山中に石が積んであるはずであると言う。

六代か七代前のご先祖で祀《まつ》られていない人の墓であるらしい。数年前、半信半疑でオヤジと探しに行ったら、あったんだな、これが。竜神村役場から取り寄せた戸籍では三代前まで遡《さかのぼ》るのがやっとであった。即《すなわ》ち、寒川新六は嘉永《かえい》三（一八五〇）年の生まれなりき。その三年後にペリーが浦賀に来航したのを知らない人はいないであろう。

今回は大食いボンこと、クラヤ薬品の富村典生君に同行してもらった。露払いならぬ、クモの巣払い兼マムシ払いのためである。二人合わせて数十カ所、藪蚊《やぶか》に血を吸われて、まことに痒《かゆ》い墓参なりき。

不思議なことではあるが、オヤジと行った時も今回も、積んである石の近くから小さな青蛙《あおがえる》が出てきたのであった。あわれご先祖様は青蛙と成り果てたるや。

ご存じ、毎日新聞のサンダース軍曹がファクスしてくれた資料によると、上山路村という自治体が明治二十二年から昭和三十年まで日高郡に存在したとの由《よし》。現在は美人の湯として名高い温泉のある竜神村の一部なり。

すぐ傍らを日高川が流れるため、古来、大水害に見舞われることが多かったらしい。してみれば、クモの巣とマムシと藪蚊に守られている石の下のご先祖様は、水害の犠牲者かもしれない。それならかようなケッタイなところに墓があるのもわかるような気がする。濁流に呑《の》み込まれて遺体が発見されなかった可能性もあるらしく思われる。

上山路より御坊《ごぼう》方面へ離れること数里。寒川《そうがわ》というところがある。蒟蒻《こんにゃく》の産地でもありホタルの棲息地《せいそくち》でもあるらしい。来年の夏にはこんにゃくとホタルのために寄ってみたいと思う。

にゃん吉と昼寝してたら大風が吹いてたちまちお先マックラ

平成十年九月二十二日午後八時。ローソクの灯の下でこれを書いている。場所は奈良県香芝市磯壁《いそかべ》三丁目あたりにあるアパートの一室なり。私の家である。本来ならば、賃貸マンションというべきところではあろうが、マンションという言葉は嫌いなので使わない。

午後三時ごろのことであった。にゃん吉と昼寝をしていたら、窓を叩《たた》くすさまじい風の音で目が覚めた。

台風七号の暴風域に呑み込まれてしまったのである。雨風で見る見る視界が遮られて一寸先が見えない勢いであった。次の瞬間、電話と電気が不通になり、携帯電話も通じなくなった。ただいまは水道もダメである。

ベランダに出てみて驚いた。百万の大枚を叩《はた》いた看板が粉々になって吹っ飛んでいたのである。そりゃ飛ぶだろう。目の前を屋根瓦《がわら》や木の枝が飛んでゆくのであるから看板が飛ぶのもやむを得ない。やむを得なければ仕方がない。

かかる大型の台風は昭和三十四年九月二十六日の伊勢湾台風以来のことである。

台風一過、外に出てビックリ仰天した。診療所のシャッターが風にひきちぎられていたのである。電信柱が倒れている処《ところ》もありき。

「おらの村には電気がねぇ」ではないが、信号も全滅なり。全滅ならぬ点滅のありがたさよ、である。

NTTの広瀬さんの奥方と近鉄バファローズの吹石さんの奥方が心配して見に来てくれた。来てくれたからといってどーなるものでもないが、広瀬さんちでローソクを貰《もら》い、吹石さんに西大和のダイエーまで愛車ポルポル君に乗ってもらって懐中電灯を一緒に買いに行ったのであった。

本稿を認《したた》めるうちに夜もいささか更《ふ》けてきた。メシは食いたし、一風呂《ひとふろ》浴びたし。されど、お先マックラなんだな、この一帯。お隣りの大和高田の煌々《こうこう》たる、羨《うらや》ましきかぎりなり。

にゃん吉は十年以上風呂に入っていないからともかくとして、私は一日入らなければ、われながら、

「クッサー、エゲツナー」の趣あるをいかんせん。

それもまだよろしい。

「腹減った、メシ食わせ〜」のほうが深刻である。

あと少しく夜が更けたらば、大和高田まで出掛けて何なりと口にすべし。

螢《ほたる》の光窓の雪ならぬ、ローソク一本で原稿を書くことになるだなんて、ほんと思いもよらなかったなぁ。はやく復旧してくれないかなぁ、電気水道瓦斯《ガス》電話。

この際、原稿なんかいくら書いたって、ファクスが不通なら何の意味もないのである。

ダメだ、こりゃ。

大阪で阿呆《あほ》といったら褒めコトバ
稀《まれ》にホンマの阿呆のことあり

日本広しといえど、大阪ほど阿呆という言葉が飛び交う土地はないであろう。

「あほか、お前は」

と言われて怒る大阪人ならいない。親愛の情を示している場合がほとんどだからである。

何事にも例外はある。ごく稀にホンマモンの阿呆であることもあるが、朝から晩まで阿呆と言ったり言われたりすることに慣れてしまっていると、その識別が難しいのである。

中学三年のとき、作文の宿題があった。Yという男子生徒が「桂三枝について」とい

う作文を読もうとしたら、同じくYという女性の国語の教師に、

「Y、お前はあほか」

と、いきなり言われたことがあった。「桂三枝」と書くべきところを「柱三技」と書いていたのであるから、言われて当然である。

この場合のアホは額面通りに受け取ってよろしい。

同じく国語の時間のことであった。Nという男子生徒が『徒然草』の第八十九段を読めと言われて読み始めたまではよかったが、どういうわけかいつまでたっても「奥山に、猫また」から先に進まないのである。

進まないはずである。この男、「猫、また」と読もうとするから、「といふものありて」に続くわけはないのであった。原文に「猫、また」とあるのならともかく、「猫また」と続けて書いてあるのであるから世話はない。これも正真正銘のクチである。

つい先日のことであった。あるお母さんから、

「センセ、うちの小学二年の男の子、大丈夫でしょうか」

という相談を受けた。

聞くと、反対の言葉を書きなさいという国語のテストがあったとの由。問題は①短い②つよい③高い④大きい⑤あつい、の五問で、小二君の答えは①い短②いよつ③い高④いき大⑤いつあ、であったらしい。

0点である。

これには、さすがの私も吹き出した。自慢じゃないが、学生のころ、薬理学のテストで胃薬の成分を書けという問題に、太田胃散と書いて落第したことがあったが、右の小二君には遥《はる》かに及ばないのである。

Y君やN君は問題外の外であるとしても、この小二君はあるいは天才ではないかと思う。言葉にはなっていないが、反対であることに間違いはない。

笑うなかれ。アインシュタインもエジソンも子供のころはあほうだと思われていたが、その実は天才であったではないか。

阿呆こそは国の宝である。言うてすまんが、私もその阿呆の一人である。

医者なんか
やめっちまえと親が言う
何の異存もないからやめる

本書の掉尾《とうび》を飾る書下ろしの原稿を書いてくれと、新潮社の担当者T君に言われたので書く。掉尾を飾るといったって筆者は私である。大した内容ではない。ある訳がない。T君は私の俳句、

風車並べて風を売る男

の風車をふうしゃと読んだ当人である。フルネームをお知りになられたい諸賢は「後記」をごらんいただきたい。ちゃんと書いてあるのである。書いていないかも。

右は余談なり。

大和国原、即ち奈良へ引っ越したと思ったら、またぞろ引っ越しをしなければならない羽目に相成った。

毎度のことではあるが、まことにスッタモンダの人生なり。こたびの引っ越しの理由はいろいろあるが、早い話、二足の草鞋《わらじ》を履き続けることが困難になってきた為《ため》である。

私は目医者であり、うたを詠《よ》み文章を書く芸人である。後者の方はなりたくてなったモノであるから、この際目医者を廃業して、うた詠み兼文士いっぽんで生きてゆくことにした。と申せばカッコよろしいが、ナニ、目医者の方が赤字だからである。私は実業家肌の人間ではないから、所詮《しょせん》は武士の商法の域を出なかったのはやむを得ない。やむを得なければ仕方がない。

私の両親は共に医者である。オフクロは疾《と》うのむかしに、オヤジはごく最近廃業した。ついでに私にもやめろと言うのである。

いつまでもあると思うな親と金、という。金は既にないが、親の臑《すね》ならまだ健在である。健在なら大いに齧《かじ》らざるべからず。これを、親功効、という。効果覿面《てきめん》なのである。

いつかは、いざ鎌倉へと考えていたのではあるが、前述の如《ごと》く親元を遠く離れるのは得策ではない、というより自殺行為に等しい。ゆえに、親が所有する摂津の国は某所にあるアパートに移り住むことにしたのである。某所と書いたのは経験から得た知恵である。場所を明記すれば、何かとややこしいということを大和国原で思い知った。就中《なかんずく》、日生のオバチャンには辟易《へきえき》した。金なんかないと言っても、まるで通じないんだな、これが。医者にも赤貧チルドレンがいるということを、わからない人には百万言を費したってわからないのである。

朴散華《ほおさんげ》即《すなわ》ちしれぬ行方かな　茅舎

という句がある。辞世の句として人口に膾炙《かいしゃ》する名句なり。川端茅舎《ぼうしゃ》ではないが、私も辞世、じゃなかった、遁世《とんせい》することに決めた。プロのうた詠み兼文士として生きる為に必要なればなり。

後記

新潮社の私の担当者、風車の弥七、じゃなかった、T君いわく、

「いわゆるフツーの『あとがき』ではなくて読み物としても通用するモノをお書きいただきたい」

うんぬん。

このT君、風車《かざぐるま》をふうしゃ、と読むだけのことはあって、どことなくドン・キホーテ然たるところあり。道ゆく女性すべてをダルシネアと勘違いしている節あり。こーゆー担当者を持った筆者は幸せである。サンチョ・パンサに成り切っていれば済むためである。

本書のタイトル『面目ないが』は、毎日新聞大阪本社版水曜朝刊に連載中のタイトルをそっくりそのまま拝借させていただいたものなり。

毎日新聞の関係者は、整理部（見出し担当）の保倉昶《あきら》氏、学芸部の初代デスクの江尻進一氏、二代目デスクの西木正氏、モナカ大先生こと代編（代理編集長）の酒井みな嬢、

カット担当のデザイン課のよこたしぎ氏、並びにご存じサンダース軍曹こと、佐竹通男編集委員の六名である。

モナカ大先生或《あるい》はモナカ嬢という渾名《あだな》は、サンダース軍曹が拙宅へ取材に来た折にお茶菓子として出した最中を、一個持ち帰って酒井嬢に渡したところ、うまそうに食べたということで付いたものである。手渡されれば、そりゃ食べるだろう。なかなかベッピンさんの妙齢の女性記者であるのに、まことにお気の毒なことと思う。

こんなことがあった。本書にも所載の一文に、

「別れた妻は狐狸《こり》のたぐいか」

と新聞の見出しを付けてくれたゲラのファクスを見ると、

「ネコモチ先生←—別れた奥さんを不快にさせるようなら見出し変えますが（ホクラ）←—と、整理部が気をつかっておりますが（サタケ）」と書かれてあったのである。

私が「（サタケ）←—かまへん」とファクスして一件落着したのであった。

右の如き裏話なら山程ある。その殆《ほと》んどが公言スルヲ憚《はば》カル内容なので割愛させていただきたいと思う。

サンダース軍曹という渾名は、ビック・モロー主演で大ヒットしたTV映画の「コンバット」から取ったものであることは言うを俟《ま》たない。頼りない少尉軍曹いわく、頼りない少尉《しょうい》だか中尉だかを補佐する役目であるとの由。或は中尉というのは即ち私のことである。

「七人の侍」ならぬ、「面目ないが」の七人の面々の話、殊《こと》にサンダース軍曹と私との関係は一冊の本になるぐらいの傑作な話に満ち満ちているのではあるが、紙数の都合で、これを以《もっ》てあとがきに代えたいと思う。

平成十一年如月《きさらぎ》の頃

猫持

当世のますらおぶり

田辺聖子

われらが猫持先生は、まさに彗星《すいせい》の如《ごと》くあらわれた、という印象である。しかし、べつに凄《すご》い広告攻勢があったわけではない。テレビに出ずっぱり、というたぐいの知名戦術をとられたわけではない。それなのに、フト、あるところで猫持先生のお歌を見、オヤ、と人々は思う。そしてハマってしまう。

オヤ、と思ったのは〈いいぞ〉（大阪弁ではエエぞうになるが）と、愉《たの》しい胸さわぎをおぼえたからである。胸さわぎは不安、不快、不吉な予感をおぼえるときだけではない。愉快な心の昂揚《こうよう》を直感するときにも起る。

読んで愉しく、耳で聞いて娯《たの》しく、おぼえて口ずさめば尚《なお》いっそう楽しい、という、ふしぎな歌が、あちこちで目に止まり、それは、

〈ぴょい、ぴょい〉

と、飛びはねている、という印象であった。

かくて猫持先生は、デビュー、即、大衆のアイドルになってしまった。実際、次の歌など、どれほど、多くの人を笑殺させ、人生の慰藉《いしゃ》となり、社会の士気を昂《たか》めたか、知れないものがある。

もみじ饅頭《まんじゆう》一個くわえて走ってる
あの縞縞《しましま》がうちの猫です

こういう歌を知ると、人はおのずと、まるで自分の作品であるかの如く自慢げに、人をつかまえて聞かせたくなる。私もそうであった。飲み友達の中年男にこれを誦して聞かせると、彼はたちまち、相好を崩してげらげら笑った末、半分本気で、
〈そんなんが歌やったら、ワシでも作れそうやなあ〉
と色気を出していた。

たいてい、純真無垢《むく》な人ほどそう思う。それは、作者の裡《うち》なる純真無垢と波長が合ったからであろう。人をしてそう思わしめるところが名作のゆえんである。またそれゆえにこそ、猫持先生のお歌は、一首《ひとつ》を知るとまた、ひとつ知りたくなり、誰も彼もが自分にも今すぐこんなのが詠《よ》めそうなたかぶりをおぼえて親近感をもつ。……こうしてあっ

という間に、人々に、もっともっと、とせがまれて、猫持先生のお歌は世の中へ、たんぽぽの綿毛のごとく飛散していったのである。猫好きも猫ぎらいも、もう猫持先生と〈にゃん吉〉から目をはなせなくなってしまう。

遅くまで物書く吾《われ》を蒲団《ふとん》から
顔だけ出して猫が見ている

にゃん吉よ
おまえが死ねばボク独り
なんでんかんでん死なねでけろ

私は元来、犬派のくせに猫持先生ちのにゃん吉にはメロメロである。たぶん日本中（飜訳《ほんやく》して世界に拡《ひろ》まれば世界中）の人がそうだろうと思う。

今度のご本『面目ないが』で、初めて私は長年の気がかりが解決して愉快なことがあった。

先年私は鹿児島へゆき、土産物《みやげもの》売り場で、鹿児島グッズ、西郷《せご》どんグッズをいろいろ買った。その中に鹿児島ゆかりの物や人の句に、イラストが添えられたしおりが、あった。たとえば「内閣を辞して薩摩《さつま》に昼寐《ひるね》かな」という子規の句に、少年武士と大砲のイラスト、という具合である。その一枚に、桜島大根の絵があり、句は、

牛の面程《つらほど》はごわっど島大根《しまでこん》

であった。作者名は見なれぬ人で、そのしおりを私は失ったが、句の印象が鮮明であった。いうまでもないが、桜島大根は、内地の丸大根より何倍も大きい。それを牛の顔ほどもあると形容する。薩摩弁を愛情こめてうつしとどめ、しかも俳味みなぎる良句である。印象が強かったので句をおぼえたが、今回、はからずも『面目ないが』によって猫持先生のお作であることが判明、〈さすが……〉と思った次第。司馬遼太郎さんが賞揚されたのも当然である。

それで思うのだが、猫持先生の文学的出発は本格派なのである。基底の部分に衿《えり》を正さしめるコワモテの気配あり、オーソドックスな研鑽《けんさん》を積まれた教養が匂《にお》い立つ。みんなが猫持先生の作品みたいなのを、すぐ自分も作れるように錯覚するのは勝手だが、ホ

ントはとてもそうはいかないのである。俳句もそうだが、歌でも同じ。

猫持先生はご自分のことを〈歌よみ〉と称し、〈歌人〉ではない、といわれるが、〈元をただせばサムライ育ち、腕は自慢の千葉仕込み……〉、斬人斬馬《ざんじんざんば》剣《けん》の殺気も仄《ほの》見えるというものである。たとえば、俳句の、

風車《かざぐるま》並べて風を売る男

菊を着てみんなあの世の人ばかり

やら歌の、

思い出は風に吹かるる曼珠沙華《まんじゆしやげ》
こころの隅に赤く揺れいる

などを拝見すると、先生のルーツは由緒《ゆいしょ》正しき〈文学者〉であると判明するわけである。しかしそこから出て、先生は更なる新機軸に挑む。

「歌人が文学者なら、歌よみは文芸家である。もっとわかりやすく言えば、歌をよむ芸人である」という猫持先生の戦闘ラッパに私は双手《もろて》を挙げて賛成である。先生は云《い》う、子規出《い》でて、和歌を短歌と改め、芸術にまでたかめたのはよいが、大衆性が失われた。それまでは「歌は大衆のものだった」「もう一度、歌を大衆のものにすることはできないかと考えて歌を詠んでいる」(本書「私空間」)
真面目《まじめ》的短歌の横行する歌壇で、猫持先生は〈歌よみ〉の旗をかかげ、耳で聞いてもすぐわかって面白い(読んだら一層面白い)、そして人の心の琴線《きんせん》に触れる歌を詠みつづける。大衆が猫持先生の歌を愛し、自分が詠むはずであった歌を、猫持先生が詠んで下さったと思い、支持するとき、新しき時代の新しき歌は大いに興《おこ》るのである。

ところで猫持先生(ついでにいうと、この先生は〝歌よみ〟又は〝ドクター〟への敬称ではなく、私の感じでいえば〝猫持〟なる語に〝先生〟がぴったりつく、と思うままに、つい、対句のように据えてしまうのである。もちろん敬称と思って頂いてもよいが、この対句は、季節の出合いもの、たとえば筍《たけのこ》と木の芽のごとく、鮎《あゆ》と蓼酢《たです》のごとく付くのである。〝猫持〟というと条件反射的に〝先生〟とくっついてくるのだから仕方ない。いっそ、そこまでペンネームになさればいいと思う)――とくると、〈子連れ狼《おおかみ》〉ならぬ〈猫連れ狼〉（もちろん、狼というたけだけしいイメージではないが、）孤影飄々《こえいひょうひょう》、というところが、そんなコトバを連想させるのである。私の飲み友達の中年男のように、彼らは猫持先生の素浪人スタイルに傾倒してしまうのである。中年、バツイチ、ひとり者。オトナの男の詩情をそそらずにいない条件。

　僕ですか
　ただ何となく生きている
　そんじょそこらのオッサンですよ

は実に現代の佳什《かじゅう》だと思う。ひとむかし前、私が恋愛小説を書きまくっていたころ、最大のテーマはハイ・ミスであった。結婚もせず、独立して生きている女たちに世間がつけたハイ・ミスという呼称はいかにも軽侮が匂った。それぐらいハイ・ミスは生きにくかった。私はそれに反抗して、すてきなハイ・ミス、可愛《かわい》くてかしこくて人生をしっかり楽しんでいる、魅力的なハイ・ミスを描くのに夢中になっていた。しかし現代はその名もワーキングウーマンと代り、颯爽《さっそう》たる存在となった。もはや生きにくい、とはいえず、むしろ生きにくいのは中年のオッサンである。家庭持ちも一人者も、拠《よ》るに砦《とりで》なく、孤剣は銹《さ》び、風に吹かれてさまよう。中年男にはみな、猫持先生的心情があるのだ。ファンが多いはずである。

おーいお茶、風呂《ふろ》に入るぞ
飯食うぞぼちぼち寝よか
谺《こだま》しており

これこそ、現代の〈うた〉の、〈ますらおぶり〉である。(賀茂真淵先生の説かれるところとは少し意味合いがずれるかもしれぬが)、中年男のたたずまいをみごとに表現する。世帯《しょたい》持ち、独身に限らぬ、世帯持ちといえども、今日びの中年は、ひと昔まえのハイ・ミスの如く、家庭では軽侮されやすい。昔は父親のことを〈家厳《かげん》〉といったりして、いかにもいかめしい存在であったが、いまは誰がそんなことを考えよう。現代のあわれはハイ・ミスにとって代り、中年のハイ・オスに象徴される。家族は居るのに誰も返事さえしてくれず、〈家厳〉の声はむなしく谺するのである。——そんな世の中を、猫持先生は飄々とゆく。〈男・猫持　なに泣くものか〉——足どりは心もとなくみゆれども、その歌こそ、当世のますらおぶりである。

(平成十三年八月、作家)

初出一覧

本書の随筆は、左記のものを除いて『毎日新聞大阪本社版』平成九年四月から平成十年十月までに掲載された。

俳句撰　『ろくでなし』(自費出版)より

私空間　『朝日新聞』平成九年七月十四、十五、十六、十七日

うた　ア・ラ・カ・ル・ト　『ろくでなし』、『雨にぬれても』(ながらみ書房)ほかより

にゃんとなくダメなお二人　『小説新潮』平成九年十月号

好きだから好き~森高千里アワー~　『別冊文藝春秋』平成九年春号

猫も歩けば　「日月」平成九年七月、十月、平成十年一月、七月号

この作品は平成十一年二月新潮社より刊行された。

新潮文庫最新刊

宮部みゆき著
堪忍箱
蓋を開けると災いが降りかかるという箱に、心ざわめかせ、呑み込まれていく人々――。人生の苦さ、切なさが沁みる時代小説八篇。

藤沢周平著
天保悪党伝
天保年間の江戸の町に、悪だくみに長けるが、憎めない連中がいた。世話講談「天保六花撰」に材を得た、痛快無比の異色連作長編！

北原亞以子著
再会 慶次郎縁側日記
幕開けは、昔の女とのほろ苦い〝再会〟。窮地に陥った辰吉を救うは、むろん我らが慶次郎。円熟の筆致が冴えるシリーズ第二弾！

南原幹雄著
天皇家の忍者《しのび》
静原冠者と八瀬童子。幕府と朝廷。それぞれの威信をかけて対立し、闇の中で卍のごとくに交錯する四つの力。壮絶な死闘の行方は。

笹沢左保著
帰って来た紋次郎 最後の峠越え
「人はいつかは死ぬものと定まっておりやす」。旅の最果てで孤高の渡世人を待ち受ける、非情な宿命とは？　大人気シリーズ最終作。

光野桃著
可愛らしさの匂い
心の中から笑顔が浮かぶ人。何にでも感動しやすい人。可愛らしさが匂い立つ、あの人が素敵に見える秘密は、きっとこの本にある。

面《めん》目《ぼく》ないが

新潮文庫　さ - 49 - 1

平成十三年十一月一日発行

著者　寒《さむ》川《かわ》猫《ねこ》持《もち》

発行者　佐藤隆信

発行所　株式会社新潮社

郵便番号　一六二—八七一一
東京都新宿区矢来町七一
電話　編集部（〇三）三二六六—五四四〇
　　　読者係（〇三）三二六六—五一一一

価格はカバーに表示してあります。

乱丁・落丁本は、ご面倒ですが小社読者係宛ご送付ください。送料小社負担にてお取替えいたします。

印刷・株式会社光邦　製本・株式会社植木製本所

ISBN4-10-135331-X C0195